THiLO

Die Jagd nach dem Leuchtkristall

Gefahr aus der Tiefe

Mit Illustrationen
von Timo Grubing

cbj

Kinder-und Jugendbuchverlag
in der Verlagsgruppe Random House

MIX
Papier aus verantwortungsvollen Quellen
FSC® C014496

Verlagsgruppe Random House FSC® N001967
Das für dieses Buch verwendete
FSC®-zertifizierte Papier *Pamo House*
liefert Arctic Paper Mochenwangen GmbH.

1. Auflage 2015
Originalausgabe Juli 2015

Umschlagbild und Innenillustrationen: Timo Grubing
Umschlaggestaltung: init | Kommunikationsdesign,
Bad Oeynhausen
jk · Herstellung: ReD
Satz: Uhl + Massopust, Aalen
Druck: GGP Media GmbH, Pößneck
ISBN 978-3-570-22560-8
Printed in Germany

www.cbj-verlag.de

Inhalt

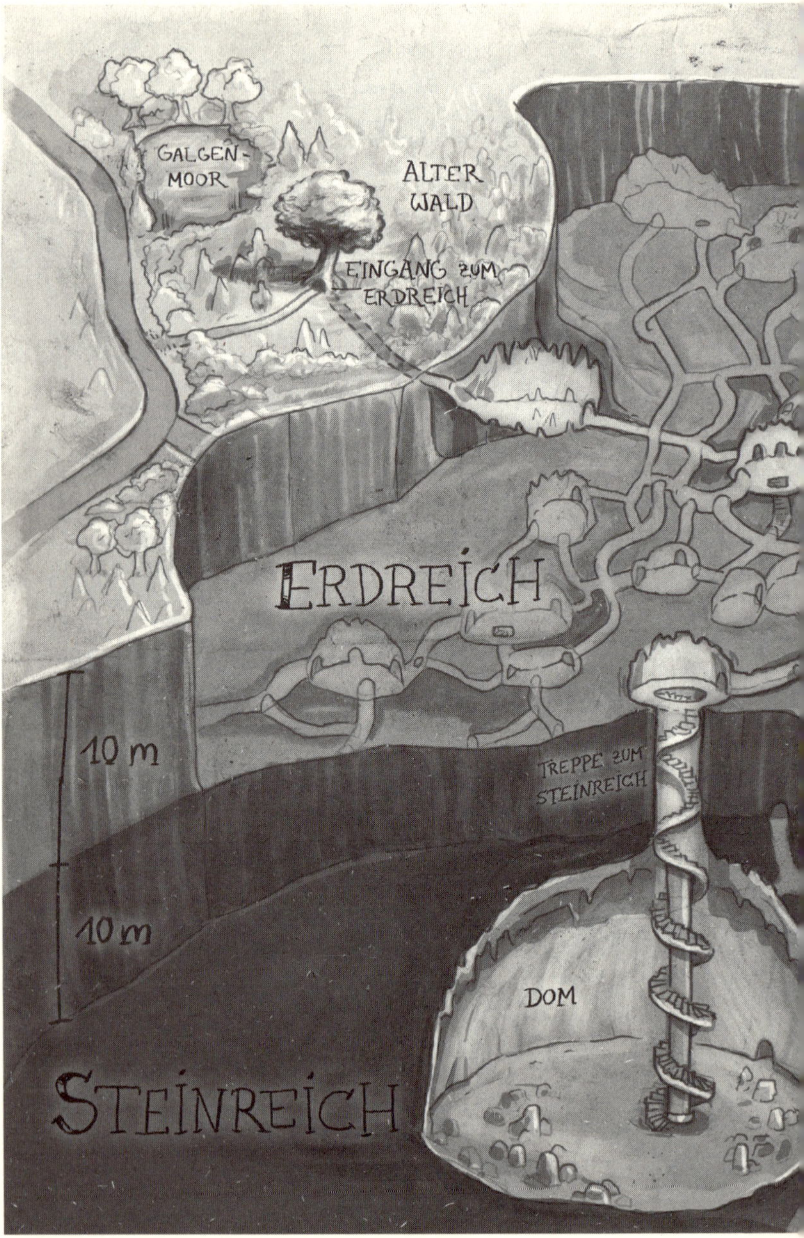
GALGEN-
MOOR
ALTER
WALD
EINGANG ZUM
ERDREICH
ERDREICH
10 m
TREPPE ZUM
STEINREICH
10 m
DOM
STEINREICH

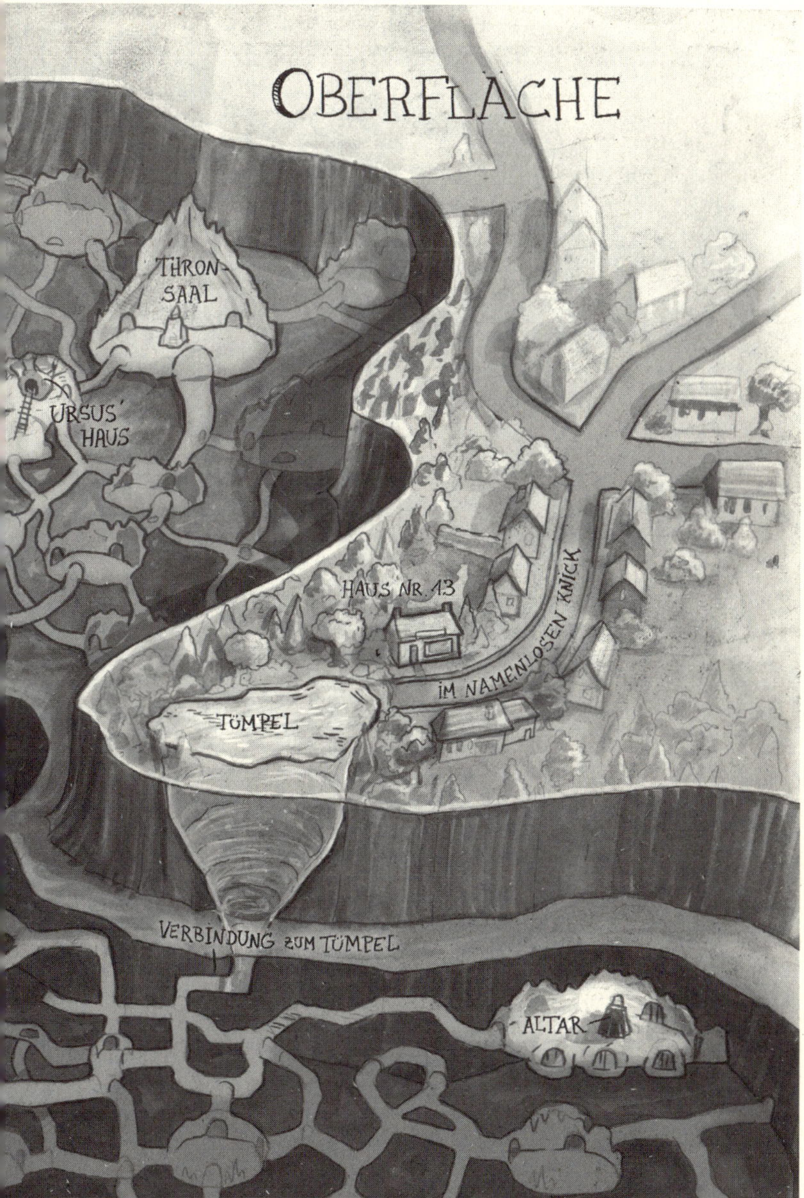
OBERFLACHE
THRON-
SAAL
URSUS'
HAUS
HAUS NR. 13
IM NAMENLOSEN KNICK
TÜMPEL
VERBINDUNG ZUM TÜMPEL
ALTAR

Kapitel 1

Unbemerkter Zuschauer

Graue, undurchdringliche Wolken hingen über der kleinen Stadt wie eine Käseglocke. Krähen krächzten verzweifelt, Eichhörnchen versuchten sich an ihre Verstecke zu erinnern. Die beißende Kälte war ganz plötzlich hereingebrochen. Als hätte ein riesiger Schneemann das Land mit seinem frostigen Atem angehaucht. Gestern noch war schönster Spätsommer gewesen. Über Nacht aber war es schlagartig Winter geworden. Viel zu früh im Jahr. Den Herbst schien das Wetter glatt übersprungen zu haben. Weder die Menschen noch die Tiere waren darauf vorbereitet. Die Menschen blieben in ihren Häusern, die Tiere verkrochen sich in ihre Höhlen und Verstecke. Nur ein einziges Wesen verließ freiwillig seine Behausung. Es hatte einen Auftrag und den würde es erfüllen.

Auf wackeligen Beinen humpelte es durch den Alten Wald am Galgenmoor, bog eine Brombeerhecke zur Seite und tapste auf den schmalen asphaltierten Weg dahinter. Bald schon erreichte es die ersten Häuser. Es war tief in einen Mantel eingewickelt. Nicht, um sich vor der Kälte zu schützen, die machte ihm nichts aus. Vielmehr wollte das Wesen seinen Körper vor den sorgenvollen Blicken verstecken, die zwischen den Gardinen hindurch nach draußen geworfen wurden. Der Anblick dieses Wesens hätte die Einwohner in Angst und Schrecken versetzt – und es wollte auf keinen Fall auffallen.

Unter einer Straßenlaterne traute sich die Gestalt kurz ins Licht. Sie zog einen Plan hervor, warf einen Blick darauf und ließ ihn wieder in der Tasche verschwinden. Direkt neben dem Messer mit den vier Kerben im Griff.

Eisiger Wind drückte die Wolken immer tiefer zur Erde. Wie ein ausgehungerter Schlosshund heulte er durch die Straße mit dem seltsamen Namen *Im Namenlosen Knick*, in die die Gestalt nun einbog. Die zarten Schneeflocken, die seit dem Morgen unaufhörlich fielen, wirbelten um die behaarten, nackten Füße des Wesens. Das kleine Schild an der Tür zum Haus Nummer 13 klapperte wild hin und her.

Stanislaus, der Uhrmacher
Offen

stand darauf.

Dann *Geschlossen*. Dann wieder *Offen*.

Was nun stimmte, war von außen nicht zu erkennen, denn das große Schaufenster des Ladens war von einer dünnen Schicht Eisblumen überzogen. Das Wesen beugte sich vor und hauchte auf die Scheibe. Wie in Zeitlupe schmolz ein Loch in das Eis. Das Wesen grunzte zufrieden und schob seine Kapuze ein kleines Stück nach hinten. Dann presste es sein großes Auge, das ihm mitten auf der Stirn saß, an das Guckloch. Auf der anderen Seite brannten Kerzen. Was es im flackernden Schein der kleinen Flammen sah, verwunderte es. Das ganze Haus war voller Uhren. Sie hingen überall an den Wänden, lagen in durchsichtigen Schränken oder standen in den Ecken. Die Zeiger zuckten alle im Gleichtakt. Weiter und weiter, immer im Kreis.

Noch verwunderlicher war, dass der alte Mann nicht allein war. Das machte die Sache komplizierter. Das Wesen griff in seine Tasche …

Kapitel 2

Angst klopft an die Tür

Im Haus Nummer 13 bollerte der gusseiserne Ofen. Trotzdem fröstelten die drei, die sich in der Werkstatt aufhielten, denn die Kälte kroch einfach durch alle Ritzen. Drei der zwei waren Menschen. Die Zwillinge Anne und Christian, die niemand auseinanderhalten könnte, wenn Anne nicht lange Haare hätte und Christian eine Brille. Der dritte wirkte wie ein alter, leicht gebeugter Mann mit dichtem Backenbart, der ziemlich genau 1,38 Meter klein war. Stanislaus, der Uhrmacher, war ein Erdling, den es vor Jahren aus dem dunklen Erdreich in die Menschenwelt verschlagen hatte. Seine Werkstatt lag ein bisschen abseits der Stadt, sodass sich Besucher oder Kunden selten dorthin verirrten, was Stanislaus nur recht war. So konnte er in Ruhe an seinen geliebten Uhren herumschrauben oder sich ganz einer neuen Erfindung widmen. Ein gutes Dutzend hatte er schon erdacht. Doch in letzter Zeit war er nicht oft zum Erfinden gekommen. Etwas anderes beschäftigte den kleinen Mann.

Gedankenverloren schlurfte Stanislaus zum Ofen und warf ein Holzscheit nach.

»Die Welt wird immer kälter«, grummelte er.

Anne hockte mit übereinandergeschlagenen Beinen in einem Ohrensessel. Im flackernden Kerzenlicht sah sie sich ein altes handgeschriebenes Buch der Erdlinge an. *Die erstaunlichen und fürchterbaren Wesen des Erdreichs*, hieß es. Stanislaus hatte es erst von seinem letzten Besuch von zu Hause mitgebracht. Landkarten gab es darin, Bilder von Feinden und Freunden, von Monstern und Ungetümen. Sorgfältig gezeichnet und sicher genauestens beschrieben. Zumindest vermutete Anne dies, denn lesen konnte sie die Schriftzeichen der Erdlinge nicht. Aber sie fühlte sich auch so sehr geehrt, denn vor ihr hatte noch kein Mensch einen Blick in dieses Buch werfen dürfen.

»Die Welt wird immer kälter«, murmelte Stanislaus noch einmal in sich hinein.

Anne zog ihre Beine an den Körper und wickelte die Decke fester um sich. »Ja, ich friere auch. Kaum zu glauben, dass wir vorgestern noch im Freibad waren.«

Stanislaus lächelte schief. »Ich meine nicht das Wetter, ich meine die Herzen der Menschen. Und der Erdlinge. Alle haben ständig Angst, jemand könnte kommen und ihnen etwas wegnehmen. Dabei ist doch für alle genug da…«

Sorgenvoll sah er zu der Klappe im Boden unter seiner Werkbank. Sie war mit fünf Schlössern gesichert. Wofür brauchte man Schlösser? Die Antwort war: Angst.

»Ich hab's gleich…«, murmelte Christian.

Stanislaus fuhr herum und betrachtete das Menschenkind. Christian und Anne hatten den Erdlingen sehr geholfen, als die Araks den Leuchtkristall gestohlen hatten. Ohne den Kristall wäre das Erdreich verloren gewesen, denn er spendete den Bewohnern Licht und Wärme. Nun bekamen die Zwillinge ihre verdiente Belohnung.

Christian starrte angestrengt auf die Worte, die Stanislaus auf eine Schiefertafel an der Wand geschrieben hatte. Wie jede Woche erteilte er dem

Jungen Unterricht. Er brachte ihm die Schrift der Erdlinge bei. Die meisten der 77 Buchstaben hatte Christian den Sommer über schon gelernt, aber ein paar fehlten noch. Besonders die magischen Zeichen hatte sich der Uhrmacher für den Schluss aufgehoben. Erst musste Christian den Rest verstehen, sonst konnte leicht ein Unglück geschehen.

Stanislaus war ein guter Lehrer. Geduldig, gerecht und nachsichtig bei Fehlern. Doch heute konnte sich der alte Mann nicht richtig konzentrieren, als läge Gefahr in der Luft. Das kalte Wetter gefiel ihm nicht und außerdem musste er dringend mit König Konfusius sprechen. Wahrscheinlich hing alles drei irgendwie zusammen: die Gefahr, die Kälte und sein Gespräch. Nervös rieb Stanislaus mit den Fingerspitzen über seine Lederschürze.

»Und?«, fragte der Erdling und warf seinem Schüler einen bohrenden Blick durch die Nickelbrille zu.

Christian biss sich auf die Unterlippe. Die Schrift der Erdlinge war nicht so einfach zu lesen wie die Menschenschriften. Viele Zeichen hatten mehrere Bedeutungen und manche konnten sogar ganze Sätze ausdrücken.

»Äääh«, begann Christian zögerlich.

»Schon falsch!«, mahnte Stanislaus.

Christian war verblüfft. »Ich meinte doch …« Dann erst bemerkte er, dass der Uhrmacher ihn nur ein bisschen ärgern wollte. Er lachte.

»Es heißt … Moment …« Christian überflog noch einmal alle Worte. »Es heißt: *Angst klopft an die Tür. Vertrauen öffnet. Niemand steht draußen.*«

Der Uhrmacher nickte zufrieden.

»Sehr gut. Alles richtig. Und das hier ist ein ganz

besonderer Buchstabe.« Er tippte auf ein Zeichen, das wie ein Halbmond aussah.

»Zeigt die Öffnung nach rechts, bedeutet es *Tür*. Zeigt sie nach links, heißt es *Mauer*.« Stanislaus blinzelte, als würde ihn die Sonne blenden. Mit seinen faltigen Lippen kam er Christians Ohr ganz nahe. »Und wenn du beide Zeichen auf den Boden malst und dich in die Mitte stellst, bist du für eine Minute unsichtbar.«

Christian schluckte. »Wahnsinn!«

In diesem Augenblick pochte es an der Tür. Anne und Christian zuckten zusammen. Stanislaus aber lächelte nur. »*Angst klopft an die Tür. Vertrauen öffnet. Niemand steht draußen.*«

Der Uhrmacher räusperte sich. »Herein, es ist offen!«

Es pochte wieder. Stanislaus kratzte sich verwundert am Kopf. »Sollte ich etwa vorhin hinter euch zugeschlossen haben?«

Stanislaus warf einen Blick auf seine Lieblingsuhr, die Standuhr neben dem Eingang. Sie zeigte sechs Minuten vor sechs. Kurz vor Feierabend. Er trippelte zur Tür und öffnete. Das kleine Glöckchen im Türrahmen bimmelte. Draußen stand: Niemand.

Kapitel 3

Schon wieder ein Brief!

Stanislaus wartete in der geöffneten Tür seines Uhrmacherladens. Schneeflocken stoben ihm um die Schuhe. Mit zusammengekniffenen Augen starrte er den Namenlosen Knick hinauf und hinunter. Keine Menschenseele war zu sehen. Und auch kein anderes Wesen, nicht mal ein verirrtes Eichhörnchen. Stanislaus wollte schon schließen, als sein Blick auf einen Umschlag fiel. Jemand hatte ihn auf seine Fußmatte gelegt. Alle anderen Spuren waren mit einem Tannenzweig verwischt worden, nur einige Nadeln lagen herum. Stanislaus bückte sich und hob den Umschlag auf. Als er das Siegel auf der Rückseite sah, warf der Uhrmacher die Tür zu.

»Ohhhh«, murmelte er verwirrt. »Von König Konfusius persönlich!«

Er eilte zu seiner Werkbank und öffnete den Umschlag mit einem Schraubenzieher.

Christian und Anne beobachteten, wie die Augen ihres Freundes hektisch über das Blatt glitten. Schließlich ließ er die Hände sinken. Sein Gesicht war kreidebleich.

»Ich … Ich muss mich fertig machen«, stammelte Stanislaus. »Ich muss sofort los!«

Der Erdling schob die Nachricht in den Umschlag zurück und legte sie auf seine Werkbank. Mit trippelnden Schritten verschwand er im Nachbarraum und von dort über die Treppe nach oben in seine Wohnung.

»Was bedeutet jetzt *das*?« Anne klappte ihr Buch zu und flitzte zu ihrem Bruder.

Christian zuckte mit den Schultern. »Ich habe nicht die leiseste Ahnung! Sicher irgendwas mit Monstern, die das Erdreich überfallen haben. Ich versuche mal es zu lesen …«

Anne stupste ihn an. »Spinnst du?«, zischte sie. »Noch nie was von Briefgeheimnis gehört? Du willst doch auch nicht, dass einer deine Liebesbriefe an Klara liest!«

Christian rollte mit den Augen. »Können Mädchen denn immer nur an Hochzeiten und Verlieben denken? Das ist ja eklig!«

Anne streckte ihrem Bruder die Zunge raus. »Können Jungs immer nur an Monster und Kämpfen denken?«

Christian wollte Anne noch ein bisschen ärgern, aber ein Räuspern hielt ihn davon ab.

»Hö-öm«, machte Stanislaus, als er in die Werkstatt zurückkehrte. Er war kaum wiederzukennen. Seine ölbekleckste Arbeitskleidung hatte er gegen einen blitzsauberen grünen Anzug getauscht. Auf dem Kopf saß ein altmodischer Hut in derselben Farbe und an den Füßen trug er Wanderschuhe mit genagelten Sohlen. In der Hand hielt er einen Rucksack aus dickem Stoff. So als wollte er zum Bergsteigen gehen.

»Kinder, ich muss euch alleine lassen«, brummelte er geschäftig. »Man braucht mich anderswo. Aber ich komme bald wieder. Hoffe ich.«

Stanislaus kniete sich hin und öffnete den Kasten der Standuhr. Er griff in die Dunkelheit hinein und holte alle möglichen urigen Gegenstände ans Licht.

»Hab ich alles? Wirklich alles?«, fragte er sich

selbst. »Flöte, um Steine zum Weinen zu bringen? Ja. Automatischer Löffel, um Löcher zu graben? Ja. Ja. Spür-Kompass? Ja. Ja. Ja.«

Plötzlich sah er auf. Offenbar hatte er die beiden Menschenkinder für einen Augenblick vergessen. Leicht verlegen stand er auf und gab der Tür der Standuhr einen Stups mit dem Fuß.

»Was hast du vor?«, wollte Anne wissen. Ratlos sah sie zu ihrem Bruder.

Auch Christian verstand nur Gänseblümchen.

Stanislaus ging zur Tür. »So dies und das. Ähm, hilf mir doch bitte in meinen Mantel, Anne.« Er lächelte gequält.

Das Mädchen sprang sofort herbei und nahm den Mantel vom Haken. Umständlich schlüpfte der Uhrmacher hinein. Dann setzte er sich noch den Rucksack auf den Rücken und griff nach einem knotigen Wanderstock, der in der Ecke auf ihn gewartet hatte. Der Uhrmacher sah nun aus, als wollte er zu einer langwierigen Bergexkursion aufbrechen.

»Man kann sich nicht immer aussuchen, was man zu tun hat«, murmelte er rätselhaft. »Und Angst zeigen, das darf ich nicht! – Ähm, schließt bitte den Laden ab, wenn ihr geht. Nehmt den Schlüssel mit.«

Stanislaus wollte die Tür öffnen, aber Christian stellte sich ihm in den Weg.

»Du kannst doch nicht einfach gehen, ohne uns zu sagen, warum«, protestierte er.

Stanislaus atmete tief durch. »Glaub mir, Junge, es ist besser, wenn du es nicht weißt.«

Christian schnaubte. »Pah, dann lese ich eben den Brief. Ich kann ja schon alle Buchstaben.«

Stanislaus verzog seine schrumpeligen Lippen zu einem kurzen Lächeln. »Der Brief wird sich nicht lesen lassen«, widersprach er. Dann wurde der Uhrmacher wieder ernst. »Eines noch: Nie, nie, nie, nie darf die Klappe unter der Werkbank geöffnet werden«, beeilte er sich zu sagen.

Der Uhrmacher legte seine faltige Hand auf die Klinke und drückte sie herunter. Sofort warf der Wind die Tür auf und eine kleine Wolke Schneeflocken wehte in den Laden.

Stanislaus schlug den Kragen seines Mantels nach oben. »Also, wünscht mir Glück«, nuschelte er abwesend. »Ich kann es gebrauchen!«

Der Uhrmacher drehte sich ein letztes Mal um

und zwinkerte den beiden Menschenkindern zu. Er sah jetzt schon erschöpft aus. Dann trat er hinaus auf die Straße.

Kapitel 4

Der Brief will sich nicht lesen lassen

Anne rieb sich mit beiden Händen die Arme. »Puh, ist das kalt«, stöhnte sie. »Die Welt spielt echt verrückt.«

Christian nickte. »Lass uns zusammenpacken und auch gehen«, schlug er vor. »Ich finde die ganze Sache mehr als unheimlich.«

Im Ofen knackte es und ließ einen Schauer seinen Rücken hinunterlaufen. Zwar hatten sie den ganzen Sommer über viele Tage hier im Laden zugebracht, aber noch nie alleine. Plötzlich kroch Christian die muffige, abgestandene Luft in die Nase. Es roch wie in einem Museum. Man wusste nicht recht, was man davon halten sollte. Er griff nach seiner Jacke, doch sein Blick blieb an der Werkbank hängen: Der Brief. Wenn er den las, wussten sie wenigstens, was hier gespielt wurde…

»Ich bin ja nicht neugierig«, murmelte Christian. »Aber vielleicht wäre es wichtig, ihn zu lesen.«

Anne grinste. »Klar, mein Bruder ist *nicht* neugierig!« Sie knuffte ihn in die Rippen. »Na mach schon!«

Sie näherten sich dem Umschlag, als würde er Dynamit enthalten und jeden Augenblick in die Luft fliegen. Er war nun ein bisschen zerknittert. Nur die Vorderseite war zu sehen, mit einigen Zeichen darauf, die Anne nicht lesen konnte.

»›Streng geheim! Nur für Stanislaus‹ heißt das«, erklärte Christian. »So viel zumindest kann ich schon mal lesen.«

Er atmete tief durch. »Schon wieder ein mysteriöser Brief«, murmelte er. »So fing auch unser erstes Abenteuer bei den Erdlingen an, weißt du noch?«

Anne stimmte ihm zu. »Wie könnte ich das je vergessen? Und so wie sich Stanislaus gerade aufgeführt hat, scheint dort unten wieder etwas nicht in Ordnung zu sein.«

Christian nahm den Brief und drehte ihn um. Auf der Rückseite stand kein Absender und auch sonst nichts. Aber das Siegel sah interessant aus.

Jemand hatte weinrotes Wachs auf den Umschlag getröpfelt und dann mit einem Ring festgedrückt. Christian fröstelte und diesmal lag es nicht an der Temperatur im Raum, sondern an dem Zeichen des Siegels: Es war ein Hund mit drei Köpfen und gefletschten Zähnen.

Täuschte sich Christian oder bewegten sich die sechs Augen des Hundes wirklich? Die Antwort bekam er nur einen Atemzug später. Als er in den Umschlag griff, um die Nachricht herauszuziehen, bellte die Bestie los. »Wrrrraffff!«

Christian warf den Umschlag von sich, als hätte er glühende Kohlen angefasst. Gleichzeitig machte er einen Riesensatz rückwärts. Nur weg von diesem Vieh!

»Ich fass den nicht mehr an!«, rief er aufgeregt. Der Brief war mit der Vorderseite nach unten auf den Boden gefallen. Die sechs Augen des Hundes folgten noch immer jeder seiner Bewegungen. Er war bloß aus Wachs, aber das machte die Sache nur noch unheimlicher.

Anne stellte sich hinter ihren Bruder. »Wir müssen aber. Der Inhalt scheint wichtig zu sein«, flüsterte sie. »Jetzt bin ich überzeugt, dass wir den Brief lesen sollten. Sonst bräuchte er keinen bissigen Wächter!«

Christian schnaufte tief durch. »Dann haben wir ein Problem: Der Köter lässt uns nicht ran!«

Anne ging im Laden auf und ab. Normalerweise konnte sie so besser nachdenken. Doch bei jedem Schritt spürte sie die Augen des Hundes in ihrem Rücken. Plötzlich blieb sie stehen. Sechs Augen starrten sie an, eines der Hundemäuler bleckte die Zähne. »Wenn es wenigstens ein echter Hund wäre«, murmelte sie. »Dann könnten wir ihn mit einem Stück Wurst ablenken …«

Da schnippte Christian mit dem Finger. »Ich hab eine Idee! Wenn der Hund aus Wachs ist, muss vielleicht auch die Wurst aus Wachs sein!«

Er ging zu einer der Kerzen und blies sie aus. Nach einer Weile kratzte er das noch warme Wachs zusammen und formte zwischen den Handflächen daraus eine Wurst.

Christian kicherte. »Nur der Wurstgeruch fehlt. Aber sonst täuschend echt!«

Die sechs Augen sahen ihm neugierig zu. Ein Maul sah nun schon deutlich weniger gefährlich aus: Die Zunge hing heraus und es hechelte.

»Jetzt kommt der schwerste Teil«, meinte Christian kleinlaut. Mit spitzen Fingern hielt er dem Hund die Wachswurst hin. Das Tier knurrte und reckte seine drei Hälse, aber Christian stand viel zu weit entfernt.

Anne nahm ihm die Wurst aus den Fingern. »So wird das nie was. Lass mich mal.«

Sie ging auf die Knie und rutschte immer näher an den Brief heran. Trotz der Kälte bildeten sich kleine Schweißtropfen auf ihrer Stirn.

»Du bist nicht böse. Du sollst nur den Brief bewachen«, sagte sie mit ruhiger Stimme. »Damit die Nachricht nicht in die falschen Hände fällt, stimmt's?«

Der Hund knurrte. Seine Augen waren wachsam,

aber nicht mehr ganz so unfreundlich wie zuvor. Anne stellte sich einfach vor, der Hund, zu dem sie hier sprach, wäre der alte Dackel von Frau Schulze.

»Stanislaus ist unser Freund«, erklärte sie dem Tier. »Es geht in Ordnung.«

Der Hund legte einen Kopf schief.

»Du bist jetzt ein braver Hund und lässt uns den Brief lesen, ja?«, schmeichelte Anne weiter. »Dann bekommst du auch ein Leckerli!«

Christian ging zum Ofen. Vorsichtshalber nahm er ein Holzscheit in die Hand. Man konnte nie wissen. Wenn schon außen so ein beißwütiger Wachposten war – was erwartete sie dann innen?

»Okay«, stöhnte Anne. »Das war Schritt eins, für Schritt zwei brauche ich noch mehr Mut.«

Dann tat sie zwei Dinge: Sie ließ die Wachswurst auf das Siegel fallen und griff blitzschnell in den Umschlag. Während sich die drei Hundemäuler über ihr Fressen hermachten, zog Anne den Brief heraus. Mit einem Sprung brachte sie sich in Sicherheit. Keine Sekunde zu früh, denn die Bestie hatte die Wurst verschlungen und schien nun so langsam zu kapieren, dass sie reingelegt worden war.

Der Hund bellte und kläffte aus allen drei Kehlen, sodass der ganze Umschlag quer über die Holzdielen wackelte.

Anne ließ sich in den Sessel fallen. Der war weit genug von dem wild gewordenen Wächter entfernt.

»Puh, das war knapp!«, japste sie. »Jetzt kommst du dran.«

Anne hielt ihrem Bruder den Brief hin.

Christian nickte anerkennend. »Du warst echt mutig, Anne«, lobte er. »Man merkt eben, dass du meine Schwester bist.«

Anne grinste. »Nun mach schon!«

Christian wollte den Brief nehmen, zog aber im letzten Moment die Hand zurück.

»Und wenn das Papier mit Gift getränkt ist?«

Anne lachte. »Unlogisch. Dann würde es Stanislaus sicher auch vergiften. Nimm!«

Christian griff zu. Das Papier war bräunlich und rau, als wäre es lange tief in der Erde vergraben gewesen. Christian holte noch einmal tief Luft. Dann faltete er den Brief auseinander.

»Das gibt's doch gar nicht!« Christian verzog das Gesicht. Auf dem Papier stand der gleiche Satz, den Stanislaus kurz zuvor zu ihnen gesagt hatte: *Die*

Welt wird kälter. Und dazu noch: *Der Leuchtkristall wärmt uns nicht mehr. Du musst uns helfen!* Sonst nichts.

Kapitel 5

Stanislaus?

Anne ließ den Kopf hängen und starrte auf ihre Schuhspitzen. »Es geht also wieder um den Leuchtkristall«, seufzte sie. »Ich wünschte, Stanislaus wäre hier und würde uns die Botschaft genauer erklären!«

In diesem Moment klopfte es.

Anne und Christian zuckten zusammen.

»Wir... Wir haben Ladenschluss!«, stotterte Anne leise. Doch es klopfte weiter.

»Das kommt nicht von der Tür«, stellte Christian fest. »Sondern von dort!«

Er zeigte in den Nachbarraum, der zur Wohnung führte.

»He!«, hörten sie nun eine bekannte Stimme rufen. »Ich bin es, Stanislaus! Macht mir doch bitte auf, Kinder!«

Der Hund auf dem Umschlag erwachte zu neuem Leben und knurrte aufgeregt.

Christian sprang auf und sah in den Nebenraum. Hier war er noch nie gewesen. Er knipste das Licht an, aber da gab es nur eine Kommode, einen Stuhl, eine Garderobe an der Wand und die Treppe nach oben. Keine Tür.

»Du läufst ja an mir vorbei, Junge!«, rief Stanislaus und lachte schallend. »Ich bin hier! Hier unten!«

Eine Hand legte sich auf Christians Schulter. Er erschrak. Doch es war nur Anne, die nun hinter ihm stand.

»Das kommt von da hinten«, zischte sie. »Unter der Werkbank.«

Sie gingen zurück in den Verkaufsraum. Es klopfte wieder. Die Klappe mit den fünf Schlössern bebte im Boden. »Kommt schon, lasst mich raus!«, forderte Stanislaus' Stimme.

Christian schluckte. »Das ist die Klappe, die wir nie, nie, nie öffnen sollen«, murmelte er.

Annes Finger krampften sich in seine Schulter. »Du hast ein *nie* vergessen. Was machen wir denn jetzt?«

Die Geschwister sahen sich an. Doch die Zeit nahm ihnen die Entscheidung nicht ab. Noch immer wummerte es gegen die Klappe im Boden.

Stanislaus klang immer ungeduldiger. »Nun macht schon, hier ist es wirklich nicht sehr gemütlich!«

Christian schüttelte den Kopf. »Ich weiß nicht«, murmelte er bedrückt. »Wir sollten besser nicht öffnen …«

Anne zuckte mit den Schultern. »Das hat Stanislaus gesagt, ja. Aber jetzt sagt er etwas anderes. Jede Regel hat eben auch eine Ausnahme.«

Christian pustete tief durch. Es fühlte sich an, als hätte er einen dicken Kloß im Magen. Wie sie sich auch entschieden, es konnte falsch sein.

»Kinder!«, mahnte Stanislaus. »Lasst euren alten Freund doch nicht so lange warten!«

Anne packte den Griff der Klappe. »Es ist eindeutig die Stimme von Stanislaus«, stellte sie fest. »Das muss die Tür zu einem Geheimgang sein. Wie sollte Stanislaus sonst da reinkommen? Ich mach jetzt auf!«

Sie zog an dem eisernen Ring, aber die Klappe blieb, wo sie war. Anne schlug sich selbst mit der flachen Hand gegen die Stirn. »Die fünf Schlösser sind da sicher nicht umsonst dran«, schimpfte sie sich selbst aus.

»Wir kriegen die Klappe nicht auf!«, rief Christian Richtung Holzboden. »Wo hast du die Schlüssel?«

Stanislaus räusperte sich. Es dauerte lange, bis er endlich antwortete: »Na da, wo ich alle wichtigen Dinge verstecke. Ihr wisst schon!«

Anne schnipste mit den Fingern. »Du meinst, im Kasten der Wanduhr?«

»Jajaja«, dröhnte es zurück. »Macht schnell!«

Anne lief zur Wanduhr neben dem Eingang. Ein kleiner Haken hielt ihre Tür verschlossen. Anne

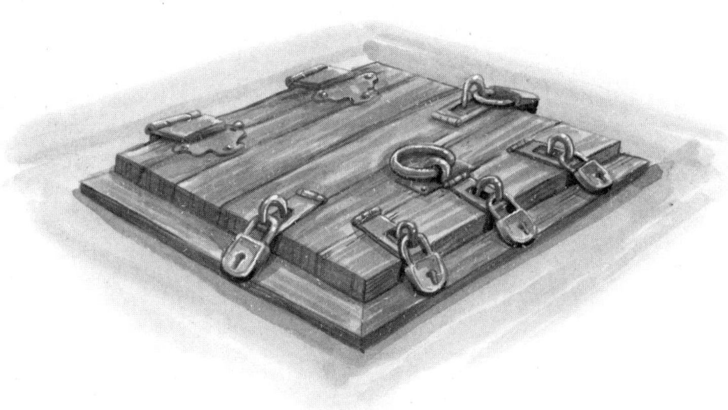

schob ihn zur Seite. Das alte Holz knarzte, als ihr die Tür des Uhrenkastens entgegenschwang. Die feinen Härchen auf ihren Armen stellten sich auf. Tief in sich drin spürte Anne Widerstand. Sie hatte versprochen, die Klappe verschlossen zu lassen. Und jetzt …

»Hallo!«, polterte Stanislaus aus der Tiefe. »Ihr seid doch hoffentlich noch da? Mein Rücken schmerzt sehr schlimm. Hier drin ist es so feucht und kalt!«

»Nun mach schon, Anne!«, drängelte auch Christian. »Ihm geht es wirklich nicht gut. Geheimgänge sind nie besonders gemütlich.«

Anne nickte und beugte sich tief in den Kasten der Uhr. In der Dunkelheit roch es nach schwerem altem Holz und dem goldenen Öl, das Stanislaus zum Schmieren seiner Uhren benutzte. Mehrere seltsame Gegenstände waren ordentlich an den Innenseiten des Uhrenkastens aufgereiht. Manche waren nur angelehnt, andere an kleinen Nägeln aufgehängt. In der hintersten Ecke entdeckte Anne einen Schlüsselbund mit fünf Schlüsseln, das mussten die richtigen sein.

Als Anne zu Christian zurückkehren wollte, passierte etwas Merkwürdiges: Der Hund auf dem Siegel bellte aus allen drei Kehlen. So wild, dass der Umschlag einen halben Meter in die Luft segelte. Mit der Rückseite nach oben landete er wieder. Der Hund starrte Anne giftig an und fletschte die Zähne.

Bei der Werkbank angekommen, zitterten Annes Finger so sehr, dass sie keins der Schlösser öffnen konnte. Christian nahm ihr den Bund aus der Hand. Drei Schlüssel probierte er aus, bevor das erste Schloss aufsprang.

»Ha, ein herrliches Geräusch!«, jauchzte Stanislaus im Geheimgang. »Los, weiter, noch vier!«

Christian öffnete nun ein Schloss nach dem anderen. Als alle fünf vor ihnen auf den Holzdielen lagen, flog die Klappe auf.

Dann erschien ein Arm. Oder besser gesagt, ein Tentakel voller Saugnäpfe – wie von einem Kraken.

Christian schluckte. Was immer das für ein Wesen war: Stanislaus was das mit Sicherheit nicht!

Mehr konnte er nicht denken, denn sein Gehirn setzte aus. Aus der Luke im Boden schob sich ein abscheuliches Wesen. Es hatte fünf Arme mit Saugnäpfen. Auf dreien von ihnen bewegte es sich wie auf Beinen fort, mit den anderen beiden hielt es die Klappe auf. Der Körper war grünlich-braun, dabei tonnenförmig und schleimig. Der Schädel jagte Christian den größten Schrecken ein. Er erinnerte an den Kopf eines Hammerhais, mit Augen an den Seiten und einem riesigen Maul. Das Vieh beugte sich nun über die beiden Menschenkinder, denn die Decke war viel zu niedrig für seine Größe.

»Ich bin nicht Stanislaus«, sprach es mit der Stimme des Uhrmachers. »Aber ich wollte raus aus dem Teichreich. Muss dringend ins Erdreich. Zum Leuchtkristall. Und die Grenze ist zu. Immer zu. Lassen keinen von uns mehr rein.« Das Wesen grinste und entblößte eine Reihe schiefer gelber Zähne. »Haben Angst vor Tentacula!«

Tentacula quetschte sich an Christian und Anne vorbei. Quer durch die Werkstatt rutschte er, bevor er die Eingangstür aufschmiss. So heftig, dass das Glöckchen von der Decke abriss und schellend auf die Stufen fiel. Tentacula schien es gar nicht zu bemerken. »Stanislaus!«, brüllte er. »Ich komme!« Als er die Tentakel wieder hochnahm, war die Glocke platt, wie von einer Dampfwalze überrollt. Das

Wesen glitt hinaus in die Kälte. Anne und Christian hörten ein erleichtertes Stöhnen. Drei Sekunden später schlängelte sich ein nackter grünlich-brauner Arm die Wand entlang. Mit seinen Saugnäpfen packte er die Tür und schlug sie zu.

»Das Biest sucht Stanislaus, das ist klar«, flüsterte Christian entsetzt. »Was machen wir denn jetzt?«

Kapitel 6

Es will den Leuchtkristall!

Anne reagierte als Erste. Sie eilte zur Tür, schob den Riegel vor und drehte den Schlüssel um.

»Fenster zu!«, kommandierte sie. Sie eilte quer durch den Raum und rutschte das letzte Stück bis zur Werkbank auf den Knien. Mit zitternden Fingern verriegelte sie alle fünf Schlösser der Luke.

Doch Anne musste mehrmals rufen, bevor ihr Bruder reagierte. Christian war noch immer wie versteinert. Klar, auch bei ihrem letzten Abenteuer im Erdreich waren sie vielen merkwürdigen und Furcht einflößenden Geschöpfen begegnet, aber dieses Saugnapfungeheuer, das wie Stanislaus gesprochen hatte, war mit Sicherheit das schlimmste.

»Fenster zu!«, rief Anne erneut. Endlich konnte Christian seine Starre abschütteln. Noch immer vom Schreck benommen, wankte er zum Schaufenster und ließ den Rollladen herunter. Das hatte er schon sehr oft gemacht, wenn Stanislaus abends den Laden schloss. Jetzt aber grauste es ihn bei dem Gedanken, das Tentakel-Ding könnte ihm von draußen zusehen.

»Hilf mir mal!«, forderte Anne ihn auf. Gemeinsam schoben sie eine große, schwere Truhe vor die Tür. Aber ob das helfen würde? Wenn Tentacula zu ihnen hineinwollte, war ein Möbelstück sicher kein großes Hindernis.

Nachdem alles verriegelt und verrammelt war, ließen sich die Zwillinge auf das Sofa fallen. Ihre Herzen rasten, in ihren Köpfen rauschten die Gedanken hin und her.

»Was machen wir denn jetzt?«, fragte Christian matt. »Stanislaus hat uns nur eine Sache verboten. Und genau das haben wir gemacht. Er wird schrecklich sauer sein …«

Anne schluckte. »Ich hoffe, er *ist* schrecklich sauer. Denn das würde bedeuten, dass ihm wenigstens nichts Schlimmes passiert ist!«

Christian stand wieder auf und ging kopfschüttelnd im Laden auf und ab. »Wie konnten wir uns so reinlegen lassen!«, schimpfte er.

»Das Ding ist nicht dumm.« Anne seufzte. »Ich mache mir echte Sorgen. Es will den Leuchtkristall, und ich weiß nicht, wer es daran hindern sollte.«

Christian nickte. »Ich auch nicht. Die Erdlinge sind zwar nicht mehr so ängstlich wie früher, aber gegen so ein Monstrum kommen die nicht an. Nicht mal wir.«

Er sah zu Boden und wäre am liebsten vor Scham darin versunken. Aber damit war niemandem geholfen. »Wir haben es verbockt, also müssen wir es auch ausbaden«, beschloss er. »Zumindest müssen wir unsere Freunde warnen. Und weil sie kein Telefon haben, gehen wir selbst hin!«

Anne sah ihren Bruder verdutzt an. »Meinst du das ernst? Wie sollen wir gegen so ein Ungeheuer ankommen?«

Christian blieb vor seiner Schwester stehen. »Willst du die Erdlinge etwa ihrem Schicksal überlassen?«

Anne biss sich auf die Lippe. Dann schüttelte sie den Kopf. »Nein«, murmelte sie. »Du hast ja recht. Ich könnte es mir nie verzeihen, wenn ich Iki und Ursus, Stanislaus und König Konfusius und all die anderen im Stich lassen würde. Wir müssen zu ihnen – auch wenn ich mich vor Angst kaum vor die Tür traue.«

Christian spürte, dass ihnen die Zeit davonlief. Sie mussten so schnell wie möglich ins Erdreich. »Wenn wir doch nur wüssten, was Tentacula für ein Vieh ist«, grummelte er. »Sicher hat auch er eine Schwachstelle.«

Anne schnipste mit den Fingern. »Jetzt weiß ich, wo ich diese Bestie schon einmal gesehen habe. Zumindest ein Bild von ihr.« Sie schlug das Buch wieder auf und überflog die Seiten, bis sie den gesuchten Eintrag fand. Christian war sofort bei ihr und schaute über ihre Schulter. »Das ist er!«, stammelte sie. »Kein Zweifel!«

Christian zog sich der Magen zusammen. Das Bild war fast so schaurig wie das lebendige Biest. Wie sie gesehen hatten, hatte es fünf Arme mit Saugnäpfen. Auf dreien von ihnen bewegte es sich fort, mit den anderen beiden konnte es zugreifen und große Gewichte heben.

Christian hatte Mühe, die Beschreibung zu entziffern.

»Teichling. Dreimal so groß wie ein Erdling«, las er. »Stark wie zehn Araks. Anführer heißt Graf

Tentacula. Sie leben im Reich, das neben dem Erdreich liegt.«

Dann waren mehrere Zeilen durchgestrichen. So dick, dass die ursprünglichen Worte nicht mehr zu lesen waren. Daneben aber war mit einer anderen

Handschrift geschrieben: Größte Feinde der Erdlinge. Nehmen uns alles weg. Hinterlistig, können jede Stimme imitieren. Einreise strengstens verboten!«

Kapitel 7

Kampfspuren im Schnee

Gemeinsam rückten Anne und Christian die Kommode wieder von der Tür weg. Sie sahen sich noch einmal stumm an. Aber die Zwillinge wussten, was der andere dachte: Sollen wir wirklich gehen? Dann nickten sie. Die Erdlinge waren ihre Freunde und sie brauchten Hilfe. Graf Tentacula – das klang so ähnlich wie Graf Dracula. Hoffentlich war der Teichling nicht genauso blutrünstig wie der berühmte Vampir …

Anne drehte den Schlüssel herum. Sofort drückte der Wind die Tür auf, woraufhin ihr Schneeflocken ins Gesicht peitschten. Sie eilte noch einmal zurück in die Werkstatt und steckte sich das Buch unter die dicke Jacke. Dann ließen sie die Sicherheit des Ladens hinter sich.

Die Straße war gespenstisch leer. Christian und

Anne wandten sich Richtung Stadt, denn der kürzeste ihnen bekannte Weg ins Erdreich führte einmal quer durch den Ort. Die Spuren, die Graf Tentacula mit seinen drei Beinen gezogen hatte, wiesen jedoch in die andere Richtung zum Tümpel. Auch hier, so wussten die Zwillinge, gab es einen Zugang zum Erdreich. Eigentlich eher in die Schicht darunter, denn der Teich führte wie ein Trichter das Wasser ins Steinreich.

»Wir nehmen den Weg, den wir kennen«, flüsterte Anne. »Ich springe bestimmt nicht in die eiskalte Brühe! Schon gar nicht, wenn da ein Tentakel-Ding auf mich wartet!«

Christian hielt seine Schwester am Ärmel fest. »Das Wesen heißt Teichling.« Er kniete sich auf den Boden. Weil sich kaum jemand in diese einsame Gegend verirrte, war die Spur von Tentacula deutlich in der dünnen Schneeschicht zu sehen.

Doch an einer windgeschützten Stelle entdeckte Christian noch etwas: Abdrücke von Schuhen mit genagelter Sohle. Mit kleinen Schritten war die Person vorwärtsgetrippelt. Das konnte nur Stanislaus gewesen sein, keine Frage. Auch diese Spur führte auf den Tümpel zu.

»Merkwürdig …«, murmelte Christian. Mit dem Kopf nach unten folgte er der Spur des Uhrmachers. Plötzlich blieb Christian stehen.

Im Schnee war ein großes Durcheinander, so als hätte dort ein Kampf stattgefunden. Auf der anderen Seite waren die Abdrücke der genagelten Schuhe verschwunden, nur die Spur von Tentacula setzte sich fort. Sie führte schnurgerade auf den Tümpel zu.

Anne schob ihre Hand in Christians. Die tiefhängenden Wolken verdunkelten den Himmel, obwohl es kaum später als sechs war. In einem Busch knackte es. Anne wollte schon aufschreien, aber nur ein Hase brach durch das Geäst und flitzte quer über den Weg. Noch eine Spur, aber die einzige, die ihnen keine Sorgen machen musste.

»Was sollen wir nur tun?«, fragte Anne leise.

»Wir gehen schneller«, antwortete Christian mit zittriger Stimme. Hastig zog er seine Schwester hinter sich her, bis zu dem Busch, aus dem der Hase gekommen war. Da war doch etwas …

Christian bog die Äste ein wenig zur Seite. Auf dem Boden lag der Rucksack von Stanislaus!

»Oh Mann«, stöhnte er. »Tantacula hat Stanislaus also tatsächlich noch eingeholt und hier mit ihm gekämpft«, kombinierte Christian. »Und dann ist er mit ihm in den Tümpel gesprungen. Genauso wie der Kiemling damals.«

Am Ufer waren die Sumpfpflanzen abgeknickt. Ein Vogel hockte regungslos auf einem Baum. Auch ihn hatte das befremdliche Wesen wohl bis ins Mark erschreckt.

Anne nahm Christian den Rucksack ab und sah hinein. Die drei Erfindungen von Stanislaus waren noch da: die Flöte, um Steine zum Weinen zu bringen, der automatische Löffel, um Löcher zu graben, und der Spür-Kompass. Nur – wie funktionierten sie? Anne packte das Buch dazu und setzte sich den Rucksack auf den Rücken.

»Zurück zu den Fahrrädern«, beschloss sie. »Wir düsen zum Haupteingang. Die Erdlinge müssen gewarnt werden, bevor es zu spät ist!«

Sofort drehten die Zwillinge um und rannten zum Haus Nummer 13 zurück. Dabei übersahen sie die vierte Spur. Ein einziger Abdruck nur war nicht von einem Tannenzweig verwischt worden: Ein nackter Fuß, etwa doppelt so groß wie der von Christian.

An der Werkstatt angekommen, schwangen sich die Zwillinge auf ihre Fahrräder und strampelten los. Anne rief noch schnell ihre Eltern an. »Können Christian und ich bei Nina schlafen?«, keuchte sie ins Handy. »Wir spielen gerade so schön und ihre Eltern haben nichts dagegen.«

Irgendwie ahnte sie schon, dass die Sache hier länger dauern könnte, und dann sollten sich wenigstens ihre Eltern keine Sorgen machen.

Als sie den Rand des Alten Waldes erreichten, brannten Christians Muskeln wie Feuer. Sie bogen die Brombeerhecke zur Seite, die den Weg versperrte, und schoben die Räder durch das Gebüsch.

»Das ist ja unglaublich!«, entfuhr es Christian. Auch Annes Mund stand offen. Der Alte Wald sah aus wie im tiefsten Winter.

Kapitel 8

Eingeschneit

Anne und Christian hievten ihre Fahrräder durch den tiefen Schnee. Manche Schneewehe reichte ihnen bis zu den Knien. Von den Ästen der Bäume hingen dicke Eiszapfen herab. Auf halbem Weg ließen die Zwillinge ihre Räder stehen und stapften zu Fuß weiter.

»Die Welt wird immer kälter«, murmelte Anne in sich hinein. Mühevoll erreichten die beiden die tausendjährige Eiche, an deren Fuß sich der Eingang zum Erdreich befand. Sicher zehn Mann waren nötig, um den Baum zu umfassen. Seine Wurzeln waren weit verzweigt. Sie wirkten wie Schlangen, die mitten in der Bewegung eingefroren waren. Nun aber waren sie tatsächlich von Eis bedeckt. Christian bahnte sich einen Weg durch den tiefen Schnee zum Eingang, der gut versteckt hinter dem Stamm lag. Er wischte den Schnee mit den Händen zur Seite, bis seine Finger von der Kälte schmerzten. Handschuhe hatte er nicht dabei, vorgestern waren sie schließlich noch im Freibad gewesen. Was war nur mit dem Wetter los?

Christian hauchte sich in die Hände. Mit Annes Hilfe befreite er den Eingang von Schnee.

»Oh nein!«, stöhnte Anne, als sie ein weiteres Hindernis entdeckte. Vor ihnen war eine Eisplatte. Der Eingang zum Erdreich war meterdick zugefroren.

»So ein Mist!«, schimpfte Christian. »Verschlossen. Jetzt bleibt doch nur der Weg durch den Tümpel…«

Anne hockte sich auf eine Wurzel. Der eisige Wind blies ihr ins Gesicht, aber sie bemerkte die Kälte kaum. »Die Erdlinge sind klein und ängstlich«, murmelte sie. »Wie Hasen. Und was machen Hasen, wenn sie sich einen Bau buddeln?«

Christian zuckte mit den Schultern. »Möhren fressen?«

Anne rollte mit den Augen. »Nein. Sie bauen immer auch einen zweiten Ausgang. Falls auf der einen Seite ein Wiesel oder ein Marder hineinschlüpft, können sie auf der anderen Seite entkommen.«

Christian nickte. »Der Zugang über den Tümpel …«

Anne schüttelte den Kopf. »Zu umständlich«, grübelte sie. »Außerdem führt der Weg direkt zu ihren Feinden, den Araks. Der wäre also zu gefährlich für die Erdlinge.«

Christian verstand. »Es muss noch eine dritte Möglichkeit geben, ins Erdreich zu gelangen!«

»Genau!« Anne sprang auf. »Gib mir das Buch. Ich bin mir sicher, der Zugang ist darin verzeichnet!«

Mit klammen Fingern holte Christian das Buch hervor. Es hatte viele Hundert Seiten mit unzähligen Zeichnungen. Die tausendjährige Eiche war ebenso wie der Tümpel auf einer Karte markiert. Christian und Anne blätterten und blätterten, aber nirgendwo gab es einen Hinweis auf einen dritten Zugang.

»Das kann nicht sein«, war sich Anne sicher. »Die Erdlinge sind zu schlau – und zu ängstlich. Es muss …«

»Hier!«, unterbrach Christian seine Schwester.

Mit der flachen Hand strich er über eine der letzten Seiten im Buch. Aber dort war keine Karte, nur Text.

»Ich verstehe nicht alles«, murmelte er. »Aber da steht etwas vom Tor zur Welt der Menschen. Von einer unterirdischen Grenze zum Teichreich. Und von einem Wächterhaus. Moment … *Einen Wächter braucht es am Tor zum Menschenreich. Um zu schützen die Bewohner von Erdreich und Teichreich. Er muss für immer aus dem Erdreich fortziehen in das Wächterhaus. Und als Mensch leben unter den Menschen …*«

Die Zwillinge sahen sich erschüttert an. »Stanislaus!«, platzte Anne heraus. »Stanislaus ist der Wächter! Deswegen ist er in der Menschenwelt!«

Christian nickte, aber dann schüttelte er den Kopf. »Aber warum läuft er in den Wald, wenn er ins Erdreich will? Er könnte doch einfach den zweiten Eingang nehmen.«

Anne packte ihren Bruder an der Hand. »Kann er nicht«, vermutete sie. »Tentacula war in dem Gang eingesperrt und an dem wollte er nicht vorbei. Aber wir können, denn das Monster ist geflohen!«

Kapitel 9

Der dritte Zugang

Christian schloss die Tür zu Stanislaus' Werkstatt auf. Sie waren kaum eine Stunde fort gewesen, trotzdem kam es ihm wie eine Ewigkeit vor. »Da sind wir wieder!«, sagte er erschöpft. »Wo uns der dritte Zugang wohl hinführt?«

Kaum hatte er die Tür hinter sich geschlossen, erklang lautes Klopfen.

»He!«, hörten sie eine bekannte Stimme rufen. »Ich bin es, Iki! Macht mir doch bitte auf!«

Christian und Anne sahen sich erschrocken an. »Nicht noch ein Teichling!«, flüsterte Christian.

Das Klopfen wurde immer heftiger. »Ich habe euch doch gehört, macht die Klappe auf!«

Die Zwillinge schüttelten die Köpfe. »Auf keinen Fall!«, zischte Anne. »Wer weiß, wie viele Tentakel-Dinger da noch eingesperrt sind!«

»Anne! Christian!«, bettelte die Stimme. »Macht auf, es ist wichtig!«

»Moment«, bemerkte Christian. »Ich glaube, das ist wirklich Iki. Sie hat uns mit Namen angeredet, die hat Tentacula nicht gewusst. Er hat uns immer nur mit *Kinder* angeredet.«

Er kniete sich neben die Luke. »Bist du das wirklich, Iki?«, hakte er nach. »Wie heißt unser gemeinsamer Freund?«

Ein Kichern erklang. »Was redest du denn da, Christian? Ursus heißt er. Und er steht hier neben mir.«

Anne warf ihrem Bruder den Schlüsselbund zu. Fünf Schlüsselumdrehungen später zog er die Klappe auf und heraus kletterten ihre Freunde. Eine kleine Frau mit tannengrünem Kleid, Schürze und einem dicken Mantel aus Mauswolle. Auf dem Kopf hing schief eine Pudelmütze mit Bommel. Ihre braunen Haare quollen strubbelig darunter hervor: Iki Bärenmut, die früher Hasenfuß genannt worden war.

Anne schloss sie gleich in die Arme und drückte sie fest. Beinahe zu fest.

»He«, lachte Iki. »Du machst ja Iki-Mus aus mir!«

Hinter ihr kam ein Mann mit einem runzeligen Gesicht zum Vorschein. Am Gürtel trug er eine Axt. Ursus, der Gärtner. Christian begrüßte ihn genauso herzlich. Es tat gut, die alten Freunde wiederzusehen, wenn auch der Anlass leider kein schöner war. Während Anne eine Kanne Tee zum Aufwärmen kochte, begann die kleine Erdlingfrau zu berichten.

»Die Welt wird immer kälter«, erzählte Iki atemlos. »Die Wärme des Leuchtkristalls reicht nicht mehr aus.«

Ursus hauchte sich in die Hände. Langsam wurden seine steifen Finger wieder munter.

»Mein Gemüse wächst kaum noch«, brummte

der Gärtner. »Aber auch alle Herzen sind kalt geworden. Kaum jemand grüßt noch. Alle misstrauen einander.«

Anne goss den Tee ein. Die Erdlinge nahmen ihre Tassen und schlürften lautstark.

»Aber das verstehe ich nicht«, gestand Anne. »Die Erdlinge sind doch ein so liebevolles Volk. Sogar gegen die Araks habt ihr euch nicht gewehrt. Was hat sich verändert?«

Iki und Ursus sahen sich lange an. Dann nickte Ursus.

»König Konfusius hat einen neuen Berater. Einen blinden Seher«, begann Iki zu erzählen. »Ojo ist sein Name. Woher er kam, weiß niemand. Aber seit er da ist, wird es immer kälter.«

Christian hockte sich neben den Sessel. »Und warum schickt euer König ihn nicht weg?«

Ursus rieb sich das Kinn. »Ojo hilft uns. Er ist so eine Art Magier. Er kann Dinge sehen, die in der Zukunft passieren. Ojo war es auch, der uns vor den Teichlingen gewarnt hat.«

Iki schüttelte sich. »Uhh, diese scheußlichen Teichlinge. Wollen uns alles wegnehmen!«

Ursus nickte. »Misstrauen ist gut, das sagt Ojo

immer. Hütet euch vor den Fremden! Er hat geraten, den Zugang zum Steinreich zuzuschütten. Von den Araks droht schon einmal keine Gefahr mehr. Und die Grenze zum Teichreich ist auch verriegelt. Um das zu überprüfen, sind wir hier.«

Iki stand auf und sah in den Nebenraum. »Und weil wir schon mal da waren, kamen wir auf die Idee, Stanislaus zu besuchen. Wo ist er denn?«

Christian fasste zusammen, was an diesem merkwürdigen Nachmittag geschehen war: der plötzliche Kälteeinbruch, das Klopfen an der Tür, der Brief, der sich nicht lesen lassen wollte, und Graf Tentacula.

»Genau wie ihr hat der Teichling an die Luke geklopft – und mit der Stimme von Stanislaus um Hilfe gerufen.«

Ursus lachte bitter. »Ja, das sieht diesen Schädlingen ähnlich! Schleicht sich unter falschem Namen ein! Aber Stanislaus hat ihn zurück ins Teichreich getrieben, nicht wahr? Er ist ein guter Wächter!«

Anne schüttelte den Kopf. »Er war doch gar nicht mehr da«, gestand sie. »Sonst wären wir doch nicht auf die Stimme hereingefallen. Der Teichling ist Stanislaus hinterher und …«

»Draußen haben wir Spuren von einem Kampf im Schnee gefunden«, erzählte Christian weiter. »Und im Gebüsch den Rucksack von Stanislaus. So wie es aussieht, hat Graf Tentacula ihn entführt.«

Iki kreischte leise auf. »Uhhh, diese scheußlichen Teichlinge! Sie wollen uns alles wegnehmen! Sicher war Tentacula nur der Erste. Bald kommt seine Familie hinterher. Und deren Onkel und Tanten. Dann machen sie sich im Erdreich breit und wir haben gar nichts mehr. Ojo hat es vorausgesagt. Die Grenze muss zubleiben.«

Anne schüttelte den Kopf. »Mir gefällt nicht, was du sagst, Iki«, machte sie klar. »Und euer Ojo gefällt mir auch nicht. Misstrauen und Angst sind nie gut. Man sollte sie nicht wie ein Feuer schüren, sonst kann es passieren, dass einem das eigene Haus über dem Kopf abbrennt.«

Iki sah ihre Menschenfreundin verdutzt an. »Feuer? Ich verstehe nicht …? Es ist doch eher zu kalt?!«

Christian strich der Erdlingfrau beruhigend über den Arm. »Schau mal auf die Tafel. Stanislaus hat einen weisen Spruch daraufgeschrieben. *Angst klopft an die Tür. Vertrauen öffnet. Niemand steht draußen.*«

Ursus verzog das Gesicht. »Und was heißt das?«

Anne zog sich ihre dicke Jacke wieder an. »Vielleicht ist Graf Tentacula nur deswegen böse, weil ihr ihn ausgesperrt habt? Da rächt er sich natürlich zunächst am Wächter der Grenze. Und dann holt er sich den Leuchtkristall.«

Iki schüttelte sich. »Uhhh, das ist ja scheußlich!«

Anne schüttelte den Kopf. »Nein, so weit wird es nicht kommen.« Sie ging auf die Luke im Boden zu. »Wir vier werden Tentacula aufhalten!«

Kapitel 10

Unterirdische Grenze

Ursus stieg als Erster durch die Luke zurück. Danach half er Iki in die Tiefe.

Christian tastete mit dem Fuß im Dunklen und fand auch bald eine Treppe. Zwanzig Stufen zählte er auf dem Weg nach unten, bevor er sich in einem hohen Gang wiederfand. Ursus hatte eine dieser besonderen Fackeln der Erdlinge angezündet, die Licht gaben, aber nicht qualmten. So hatten sie ihr Reich erhellt, bevor sie den Leuchtkristall fanden.

Christian sah sich genau um. Der Boden des Ganges war plattgetrampelt, die Ecke sauber und ordentlich glattgezogen. Hier hatte niemand eilig eine Höhle gegraben. Die Vorfahren von Iki, Ursus, Stanislaus und König Konfusius hatten höchste Sorgfalt in den Bau dieses Eingangs gelegt. »Weiter«, mahnte Ursus. »Hier entlang!«

Christian spürte Anne hinter sich. Genau wie er schien sie nicht mehr so viel Angst zu haben wie vorhin im Wald. Auch wenn die Erdlinge klein waren, so tat es doch gut, zwei Gefährten bei sich zu haben.

Nach einigen Hundert Metern stoppte Ursus. Sie mussten nun bereits tief im Untergrund sein, denn der Gang hatte stetig bergab geführt. Zu Christians großer Überraschung endete der Weg an einem eisernen Gitter. Er nahm Ursus die Fackel aus der Hand und leuchtete. Hinter dem Gitter war in der Dunkelheit nichts zu sehen. Doch da vernahm Christian leises Plätschern und das Licht der Fackel spiegelte sich am Boden des Stollens. Dort musste Wasser sein.

»Ist dort das Teichreich?«, fragte Christian.

Ursus nahm die Fackel wieder an sich. »Ja«, knurrte er säuerlich. »War selbst nie da, aber mein Großvater. Teichlinge leben in den tiefsten Tiefen der Erde, noch weit unter dem Steinreich der Araks. Sie sind böse. Und sie haben große Familien. Wenn wir sie reinlassen, nehmen sie uns alles weg!«

Christian wollte etwas antworten, blieb aber

stumm, als er den Stuhl bemerkte. Nicht einen Menschenschritt vor dem Gitter stand er. Klein, wie für Kinder gemacht – oder für einen Erdling. Der Stuhl war so platziert, dass man von dort genau durch das Gitter sehen konnte. Christian nahm Platz. War das die Pflicht des Wächters, hier zu sitzen und das schwarze Wasser im Auge zu behalten? Christian konnte sich gar nicht vorstellen, dass Stanislaus freiwillig so eine langweilige Aufgabe übernommen haben sollte.

Er drehte sich um. An der Außenseite des Gitters ragten Hunderte von spitzen Steinen aus dem Fels. »Das Gitter ist zu«, stellte Christian fest. »Wie ist Tentacula hier herausgekommen?«

Ursus zuckte mit den Schultern. »Das weiß keiner. Diese Schädlinge sind eben durch und durch böse, die kennen fiese Tricks.«

Anne stieß laut die Luft aus. »Wo geht es denn eigentlich weiter?«, fragte sie verwundert nach. »Ich habe keine Abzweigung bemerkt.«

Ursus lachte dröhnend. »Natürlich nicht! Die ist ja auch gut versteckt.« Er legte seine von harter Gartenarbeit zerfurchte Hand auf Ikis Schulter. »Zeig du es ihnen.«

Iki kicherte. »Der Eingang ist uralt«, verriet sie. »Aber das Tor ist ganz neu gebaut. Von unseren besten Handwerkern. Da kommt keiner durch. Nicht mal ein Teichling. Die sollen gefälligst bleiben, wo sie sind!«

Die kleine Erdlingfrau ging zu den spitzen Steinen und begann abzuzählen.

»Von oben dreizehn, von rechts nur vier,
so öffnet sich die versteckte Tür«,

sang sie leise. Dann packte sie vorsichtig eine der Spitzen und drückte sie wie einen Hebel zur Seite. Lautes Knirschen war zu hören. Links neben dem Gitter schob sich ein Fels zur Seite. Dahinter kam ein Loch zum Vorschein.

»Bitte eintreten«, sagte Ursus und war auch schon in der Dunkelheit verschwunden.

Kapitel 11

Die Welt wird kälter

Christian, Anne, Iki und Ursus stapften durch den finsteren Gang. Es roch nach feuchter Erde und Baumwurzeln, die irgendwelche Tiere mit ihren Rüsseln angezapft hatten. Anne und Christian merkten, wie die Kälte durch ihre Jacken kroch. Bei jedem Schritt wurde es kälter und bald schon erschienen beim Ausatmen kleine Wölkchen vor ihren Gesichtern.

Ursus trippelte mit seiner Fackel vorneweg, die anderen drei gaben Acht, nicht den Anschluss zu verlieren. Keiner wollte ohne Licht alleine zurückbleiben.

Anne wunderte sich, dass sie sich überhaupt nicht bücken mussten. Der Gang war so weit und hoch, dass er offensichtlich nicht nur auf Erdlinge ausgelegt worden war.

»Der Gang ist uralt, sagst du?«, rief Anne. Ihre Worte hallten von den Wänden zurück.

»Hmmm«, brummte Ursus. »Unsere Vorfahren haben ihn zusammen mit den Teichlingen gebaut. Damit sie schneller zueinanderkamen.«

Anne blieb abrupt stehen. »Die Teichlinge und die Erdlinge waren einmal Freunde?«

Ursus drehte sich zu ihr um. Das Licht zauberte flackernde Schatten auf sein Gesicht. »Bis vor Kurzem noch. Aber dann wollten sie alle ins Erdreich kommen und uns alles wegnehmen. Ojo hat es uns gesagt. Und wir haben gehandelt. Jetzt ist das Tor zu. Die können nicht mehr zu uns kommen.«

Anne seufzte. »Und ihr glaubt das einfach alles? Was haben euch denn die Teichlinge getan?«

Ursus hustete. »Das weißt du doch: Sie haben Stanislaus entführt.«

»Und davor?«, hakte Christian nach.

»Sie wollen uns alles wegnehmen!«, empörte sich Iki. »Auch den Leuchtkristall!«

Anne merkte, wie sie richtig sauer wurde. »Jetzt vielleicht. Auch das scheueste Tier greift an, wenn man es in die Enge treibt!«, schnaubte sie. »Ich dachte, ihr wäret klüger. Warum plappert ihr alles nach, was euch jemand anderes vorsagt? Kein Wunder, dass es kälter wird, wenn ihr so schlechte Gedanken habt.«

Ursus machte laut »Pah!« und ging weiter. Die anderen folgten schweigend.

Immerhin Iki schien über Annes Worte nachzudenken. »Du meinst, die Teichlinge werden nur böse, weil wir sagen, dass sie böse sind?«

Anne antwortete nicht mehr, sie musste sich zu sehr auf ihre Schritte konzentrieren.

Christian kramte den Kompass aus seiner Tasche hervor. Die Nadel zeigte direkt auf ihn. Das sah er genau, denn sie war mit einem Leuchtstoff bemalt. Ein Kompass zeigt immer in Richtung des Nordpols, das wusste Christian. Doch als Anne ihn in die Hand nahm, schwang die Nadel zur Seite und zeigte nun direkt auf sie.

»Kaputt«, sagte sie enttäuscht. »Muss bei dem Kampf einen Schlag abgekriegt haben.« Sie gab den Kompass ihrem Bruder zurück.

Anne und Christian hatten keine Idee, wie lange sie schon durch den Stollen gelaufen waren, als die Decke noch höher wurde. Hunderte von vereisten Wurzeln hingen wie ein Vorhang herab, die im Licht der Fackel glitzerten wie das Schaufenster eines Juwelierladens. Die vier Gefährten hatten das Ende des Gangs erreicht, der durch eine dicke Steinplatte markiert war. Es sah aus, als hätten die Erbauer es nicht geschafft, diesen Felsen zu durchdringen, und deshalb aufgegeben.

»Und jetzt?«, fragte Anne.

Iki lächelte und war sichtlich stolz, dass sie die Antwort wusste. »Es gibt wieder einen geheimen Türöffner«, erklärte Iki. »Er ist hier …«

Iki zählte die Wurzeln an der Decke ab.

»Von vorne zwölf, von links nur zwei,
so kommt man an dem Fels vorbei!«

Sie streckte sich nach der Wurzel, die sie abgezählt hatte. Als sie nicht heranreichte, fasste Ursus sie um die Hüften und hob sie hoch. »Du bist leicht wie eine Feder«, sagte er.

Iki kicherte, während sie die Wurzel packte und daran zog. Es knirschte und quietschte, als sich der Fels langsam an die Seite schob.

»Endlich frische Luft!«, wollte Anne rufen, aber da hatte sie schon eine Ladung Schnee im Mund. Von der anderen Seite des steinernen Tores rutschte gefrorene Erde hinein. Dazu Schnee und Eis. Anne steckte sofort knietief in der kalten Masse. Eine Lawine! Ursus' Fackel schwankte hin und her. Irgendwie gelang es Christian, Iki zu packen und nach hinten zu reißen. Überall war Eis. In seinen Haaren, in seinen Ohren. Und immer noch kam mehr hinterher.

»Mach wieder zu!«, brüllte Anne. Sie strampelte aus Leibeskräften. Endlich waren ihre Beine frei und sie fiel rückwärts. Es war kaum noch etwas zu sehen. Die Fackel steckte in einem Schneehaufen und drohte auszugehen. Ursus wurde auf einer

Welle in den Gang gespült. Er ruderte mit beiden Armen, um nicht umzufallen. Christian griff nach der Hand des Gärtners und zog. Dann schnappte er sich die Fackel.

»Weg hier!«, brüllte er und entkam nur knapp einem Schwall von Eis.

Panisch krabbelten sie auf allen vieren zurück in den Gang, bis sie kein Eis mehr nachrutschen hörten. Christian hob die Fackel und leuchtete. Die Lawine war verebbt. Keuchend blieben die Gefährten am Boden liegen.

Es dauerte eine ganze Weile, bis Anne sich wieder aufrappelte. Sie griff nach der Fackel, dann sah sie sich die Katastrophe an. Bis zum Felsentor war alles voller gefrorener Erde, Eis und Schnee. Auf der anderen Seite des Tores musste die Decke eingestürzt sein. Als das Tor geöffnet wurde, hatte sich alles wie eine Lawine in den Gang gequetscht. Und da lag es nun, unmöglich, darüber hinwegzukriechen, und unmöglich, sich durchzugraben. Der letzte Zugang zum Erdreich war nun auch versperrt.

Kapitel 12

Hier kann niemand leben!

Erschöpft lehnte Anne sich an die Höhlenwand und strich Dreck und Schnee von ihrer Jacke.

»Es fühlt sich nicht gut an, wenn man nicht gehen kann, wohin man will«, schluchzte Iki leise.

Ursus setzte sich neben sie und nahm sie in den Arm.

»Du meinst nicht nur uns, hab ich recht?«, brummte er. »Du meinst auch die Teichlinge. Aber sie wollen uns alles wegnehmen ...«

Iki stupste seine Hand grob weg. »Niemand sollte daran gehindert werden, dahin zu gehen, wohin er will. Die Grenze zuzusperren war eine scheußliche Idee. Das siehst du ja jetzt.«

Christian kroch zum Anfang des Haufens und versuchte mit den Händen zu graben. Es war völlig unmöglich.

»Könnte uns nicht eine von Stanislaus' Erfindungen helfen?«, fragte Anne plötzlich und nahm den Rucksack ab. Er war zwar dreckverschmiert, aber ansonsten heil geblieben. Ob die Erfindungen noch funktionierten, war schlecht zu sagen. Sie hatten ja keine Ahnung, wie sie überhaupt funktionieren sollten.

Christian griff hinein. »Hmm, mal überlegen… Die Flöte, die sogar Steine zum Weinen bringt, hilft sicher nicht.«

Er wühlte weiter. »Der Spür-Kompass war eben schon kaputt. Bleib der automatische Löffel…«

Christian zog die Fackel näher zu sich heran. An dem Löffel war ein kleiner Motor angebracht. Christian spielte daran herum, bis ein Summen zu hören war. Der Motor lief und der Löffel wackelte hoch und runter. Christian steckte ihn in den Erdhaufen. Sofort legte die Maschine los. Wie ein Mini-Bagger fraß sich der Löffel in den Haufen. Die Erde spritzte nach allen Seiten. Christian, Anne, Iki und Ursus brachten sich in Sicherheit. Der Löffel schaufelte und schaufelte. Bald schon konnten die vier das steinerne Tor wieder sehen, vor dem Iki an der Wurzel gezogen hatte. Aber der Löffel stoppte im-

mer noch nicht. Plötzlich fühlte Anne einen Luftzug auf der Haut. Begeistert klatschte sie in die Hände. »Da ist sie, die frische Luft!« Sie sog eine ganze Nase voll ein. Es schien ihr der beste Duft, den sie jemals gerochen hatte. Die vier Gefährten fielen sich in die Arme. Sie waren gerettet!

Wenige Minuten später war der Weg freigeräumt. Christian, Anne, Ursus und Iki krabbelten durch die Öffnung. Auf der anderen Seite rutschten sie den Rest vom Haufen hinunter. Sie waren im Erdreich. Aber – wie sah es denn hier aus?

Alle Wände der Höhlen und Gänge waren von einer dicken Eisschicht bedeckt, Eiszapfen hingen tief herab und ein eisiger Wind wehte durch das Erdreich. Schnee lag in den Gängen. Das Tauwasser in den Stollen musste durch die Kälte zu Schneekristallen geworden sein.

»So sah es heute Mittag aber noch nicht aus«, erklärte Ursus verlegen. »Es war zwar bitterkalt, aber daran hatten wir uns ja schon gewöhnt. Es wurde schließlich jeden Tag ein bisschen kälter.«

Iki schniefte. »Hier kann niemand leben. Es ist zu kalt. Oh, diese scheußlichen …« Sie stoppte mitten im Satz. »Nein, damit haben die Teichlinge nun wirklich gar nichts zu tun!«

Mühsam schleppten sich die Freunde durch die zerstörten Gänge. Iki Bärenmut weinte bitterlich, selbst Ursus konnte sie nicht trösten. Anne und Christian waren ebenfalls erschüttert. Das Licht der Fackel tanzte gespenstisch über die Wände. Zweimal schreckte Anne zusammen, weil sie glaubte, ein riesiges Wesen würde sie verfolgen. Aber es war nur ihr eigener Schatten, der über den Boden jagte. Von Graf Tentacula oder Stanislaus fehlte die geringste Spur.

Nach einer Weile ging Ursus mitten im Schnee in die Knie. Er wischte ein bisschen Schnee zur Seite und seufzte. Als er wieder aufstand, hielt der Erdling ein Holzschild in der Hand.

stand darauf. Der Pfosten, an den es genagelt gewesen war, war in der Mitte abgebrochen. Ursprünglich hatte das Schild in die danebenliegende Höhle gezeigt – Ursus' kleines Reich.

Der Gärtner atmete schwer, als er in seine Höhle hineintrippelte. Auch Anne und Christian mussten schlucken.

Über ihnen wölbte sich die Decke, die Wurzeln eines mächtigen Baumes verliefen quer durch die Höhle. Alle waren völlig vereist. Oben hing, wie ein Apfel an einem Baum, ein Klumpen Erde. Er hatte ein Fenster und eine Tür – das Haus von Ursus. Doch es war in einem erbärmlichen Zustand. Die Leiter, die nach oben führte, war rutschig und nicht mehr zu gebrauchen. Die Hängebrücke, die von dort aus zum Garten führte, war hinuntergerissen. Fenster und Tür standen offen und Eis bedeckte den Fußboden. Das konnte man auch gut von unten sehen.

Es war jedoch der Garten, der Iki beinahe das Herz brach. All die Pflanzen, die Ursus an der Höhendecke angebaut und gepflegt hatte, waren vereist und abgebrochen. Lose Blätter und halb reife Früchte lagen vor ihren Füßen im Schnee. Das alles war zu nichts mehr zu gebrauchen.

Ursus fand ein möhrenähnliches Gemüse vor seinen Füßen. Die Blätter waren welk. Enttäuscht tippte er es mit dem Schuh an. »Wir werden eine Weile hungern müssen«, brummte der Gärtner. »Am besten ziehen wir ganz von hier weg.«

Mühsam hob er seinen Kopf. »Wo sind bloß die anderen?«

Iki schluckte. Dann rief sie ein paar Namen. Aber mehr als ein müdes Echo kam nicht zurück. »Wir waren doch nur ein paar Stunden fort«, klagte sie. »Wo können sie nur sein?«

Ursus räusperte sich. »König Konfusius? Seid Ihr da?«

Doch der Schnee fraß jeden Laut. Der Ruf war kaum zu hören. Ursus kauerte sich auf einen Stein und stützte sein runzeliges Gesicht in die Hände. Er sah plötzlich sehr alt und erschöpft aus.

Kapitel 13

Auge in Auge

Christian und Anne verstanden sich blind. Das hier ging über die Kräfte der Erdlinge hinaus.

»Wir werden mal nach den anderen sehen«, sagte Anne. »Macht euch keine Sorgen, wir werden sie schon finden!«

Iki konnte nur erschöpft nicken, dann hockte sie sich neben Ursus und legte den Kopf an seine Schulter. Anne knöpfte ihr den Mantel bis oben hin zu und zog ihr die Mütze weit über die Wangen.

Dann machten die Geschwister sich auf die Suche. Über Trümmer und Eisbrocken stolperten sie durch die Gänge und in die Nachbarhöhlen. Überall bot sich ihnen das gleiche Bild: kaputte Häuser, verwüstete Gärten, zerstörte Werkstätten, Eis und Schnee. Es wirkte, als sei ein frostiger Schneegeist durch die Gänge gefegt und hätte alles mit einer dicken Schicht Eis überzogen.

»Meinst du, Graf Tentacula hat vielleicht doch etwas damit zu tun?«, fragte Christian seine Schwester. »Wenn es ihm gelungen ist, den Leuchtkristall zu rauben, erklärt sich dadurch die fehlende Wärme.«

Anne wollte schon mit den Schultern zucken, immerhin deutete alles darauf hin, dass Christians Theorie stimmte. Dann fiel ihr etwas auf. »Es ist aber noch hell hier unten. Der Leuchtkristall kann also noch nicht gestohlen worden sein!«

Ohne sich abzusprechen, rannten die beiden den Weg zurück. »Kommt mit!«, rief Anne den beiden Erdlingen zu. »Wir müssen in den Thronsaal!«

Ursus und Iki brauchten nicht lange, um sich aufzurappeln. Zu viert stapften sie den Rest der Strecke. Der Thronsaal lag nicht weit von Ursus' Haus entfernt. Von hier aus regierten die Könige der Erdlinge seit langer Zeit über ihr kleines Reich. Immer wieder waren jedoch die faulig riechenden Araks aus dem Steinreich eingefallen, um alles Schöne kaputt zu machen. Das bereitete ihnen eine diebische Freude.

Als eines Tages jedoch nichts mehr zum Zerstören übrig gewesen war, hatten sie voller Wut auf den Felsen mitten im Saal eingehauen, sodass er auseinandergebrochen war. Im Inneren des Felsens hatte der Leuchtkristall auf seine Entdeckung gewartet, um von da an das gesamte Erdreich mit seiner Kraft zu erhellen. Die Araks konnten sein Licht nicht ertragen und so hielt der Kristall den Erdlingen außerdem noch die ärgsten Feinde vom Leib.

Am Eingang des Saales blieb Christian voller Ehrfurcht stehen. Die Höhle war mit Gold, Kristallen und Edelsteinen geschmückt, überall schimmerte und glitzerte es. Alles war genauso schön, wie Christian es in Erinnerung hatte. Die riesige Halle mit der sich hoch über dem Boden wölbenden Decke konnte alle Erdlinge aufnehmen. In der Mitte des Saales stand ein schwarzer Sockel, auf dem der Leuchtkristall lag. Er leuchtete so hell wie eh und je und in der gesamten Halle war keine Spur von Eis zu finden.

»Wir kommen nicht zu spät!«, jubelte Anne. »Der Kristall ist noch da!«

In diesem Moment bewegte sich etwas hinter dem Sockel und ein großes, rundes Auge erschien.

Dann ein Kopf, der fast wie der eines Hammerhais aussah. Schließlich ein grünlich-brauner Arm mit Saugnäpfen daran.

»Da … das ist Ten … Tentacula!«, stammelte Iki. »Wir sind verloren!«

Das Ungeheuer richtete sich zu seiner vollen Größe auf. Der Teichling stand auf dreien seiner Tentakel, mit den anderen beiden fuchtelte er wild in der Luft herum. Dann quiekte Graf Tentacula

so ohrenbetäubend, dass Christian, Anne, Iki und Ursus sich die Hände auf die Ohren pressten. Christian sah ein riesiges Maul mit gelben Zähnen auf sich zu rasen. Einen schrecklichen Augenblick lang war er sich sicher, dass der Teichling sie alle verspeisen wollte. Doch Tentacula tat ihnen nicht weh, sondern jagte schnurstracks an ihnen vorbei. Mit einem Arm umklammerte er den Leuchtkristall und riss ihn vom Sockel. Dabei verfingen sich einige Spitzen im Rucksack und rissen ihn der Länge nach auf. Der Kompass flog in hohem Bogen heraus, prallte an Tentaculas Rücken ab und fiel zu Boden. Noch einmal schrie das Ungeheuer, dann war es aus dem Thronsaal verschwunden. Und mit ihm der Leuchtkristall.

Kapitel 14

Jagd auf den Kristallräuber

Christian lag auf dem Boden. Um ihn herum drehte sich alles. Als ihn etwas am Arm berührte, schlug er reflexartig danach, doch die Hand kehrte zurück.

»Ich bin es, Anne«, hörte er seine Schwester flüstern. Christian atmete tief durch. Alles war so schnell gegangen, dass er gar nicht darauf hatte achten können, was mit den anderen passiert war. Nun aber hörte er auch Iki und Ursus reden. Graf Tentacula hatte niemanden von ihnen verletzt.

Mühsam setzte Christian sich auf. Das Glitzern rundherum war verschwunden und die Diamanten und Goldadern waren bereits von einer dünnen Eisschicht bedeckt. Es war schon beinahe genauso kalt wie in den restlichen Höhlen und Gängen. Eiskristalle fielen von der Decke.

»Das war knapp!«, stöhnte Christian und rieb

sich den Hinterkopf. »Fast hatte er mich am Wickel!«

Ursus nickte besorgt. »Wahrscheinlich waren wir ihm zu viele. Aber den Kristall hat das Ungeheuer mitgenommen. Unser Volk wird sich verändern müssen. Wir können doch nur mit dem Kristall so ein schönes Leben führen.«

Iki schniefte. »Was redest du da von unserem Volk«, presste die kleine Frau hervor. »Es ist doch niemand außer uns beiden mehr da!« Sie vergrub ihr Gesicht in den Händen und weinte so heftig, dass ihr ganzer Körper zitterte. »Und außerdem ist es hier überhaupt nicht mehr schön!«

Anne ging zu ihr und streichelte ihr den Rücken. Gerne hätte sie etwas Tröstendes gesagt, aber ihr fiel nichts ein. Die meisten Gänge des Erdreichs waren schon sehr alt. Es war ein Labyrinth mit Abzweigungen, Sackgassen und Stollen der Bergleute. Selbst die Erdlinge fanden sich in vielen Gegenden nur mit einer Karte zurecht. Wie sollten sie da den Kristall wiederfinden? Tentacula konnte sich überall verstecken …

Da fiel Anne etwas auf: Der Kompass, der aus dem Rucksack gefallen war, verhielt sich äußerst merkwürdig. Statt ruhig nach Norden zu zeigen, so wie es alle Kompasse auf der Welt tun, tanzte die Nadel nach links, dann zitterte sie nach rechts, dann hüpfte sie in die Mitte. Als würde der Nordpol durch die Gänge des Erdreichs spazieren gehen.

Christian bemerkte den Blick seiner Schwester und beobachtete den Kompass ebenfalls eine Weile. »Der ist endgültig hin!«, glaubte Christian und wollte die Erfindung wegschießen.

»Nicht!«, brüllte seine Schwester. Christian hob abwehrend die Hände und ging einen Schritt zurück.

»Schon gut! Meinst du, der ist giftig, weil er Tentacula berührt hat?«

Anne schüttelte den Kopf. »Nein«, antwortete sie leise. »Viel besser! Es ist kein normaler Kompass, sondern eine Erfindung von Stanislaus«, erinnerte sie sich. »Er hat ihn Spür-Kompass genannt. Ich glaube, der zeigt nicht zum Nordpol, sondern auf das Wesen, das er zuletzt berührt hat. Als du ihn in der Hand gehalten hast, zeigte die Nadel schließlich immer auf dich.«

Ursus und Iki kamen näher. Ursus hielt seine Fackel dicht über das Glas des Kompasses. Die Nadel zitterte, dann blieb sie ruhig stehen.

»Du meinst, sie weist uns den Weg zu Tentacula?«, brummte Ursus.

Anne nickte. »Ich glaube schon!« Sie zuckte mit den Schultern. »Und was haben wir schon zu verlieren? Durch Zufall werden wir den Teichling hier unten wohl kaum ein zweites Mal aufspüren.«

Ursus griff zu seiner Axt. »Ich finde ihn«, schwor er. »Und dann wird sich dieser Graf wünschen, er hätte unser Land nie betreten!«

Anne schüttelte den Kopf. »Nein, Ursus. Der Teichling hat nichts damit zu tun, dass es hier so schlimm aussieht. Für die Kälte habt ihr selbst gesorgt. Ich lasse nicht zu, dass du ihn zum Sündenbock machst!«

Ursus guckte grimmig. »Was hat Ojo uns vorausgesagt? Die Teichlinge werden mit ihren großen Familien kommen und sich hier niederlassen. Dann nehmen sie uns alles weg. Genau das ist passiert!«, polterte der Gärtner. »Schon der erste, der über die Grenze gekommen ist, stiehlt den Leuchtkristall. Das habe ich mit meinen eigenen Augen gesehen!«

Iki schluckte. »Ich heiße ja nicht mehr Hasenfuß«, stammelte sie, »sondern Bärenmut. Aber … was machen wir, wenn wir den Teichling gefunden haben? Den Kristall wird er bestimmt nicht freiwillig herausrücken.«

Christian umwickelte seine Hand mit seinem Ärmel, bevor er den Kompass aufhob. »Das wissen wir hoffentlich, wenn wir ihm gegenüberstehen«, antwortete er. »Man kann eigentlich mit jedem reden. Vielleicht ist Graf Tentacula gar nicht so schlimm, wie ihr glaubt. Mir jedenfalls hat er nicht ein Haar gekrümmt.« Er drehte sich zu Ursus. »Und weggenommen hat er mir auch nichts!

Im Gegenteil…« Christian holte tief Luft. »Als er mich umgerannt hat, habe ich Angst gespürt. Es war seine, nicht meine, das weiß ich jetzt. Graf Tentacula hat Angst. Und er versteht nicht, warum er hier nicht mehr erwünscht ist.«

Christian sah auf den Kompass. Die Nadel zeigte in den Gang, der links vom Thronsaal abging und in den Tentacula geflohen war. Christian machte einen Schritt hinein. Im Schnee waren die Abdrücke der Saugnäpfe zu erkennen. Dahinter war es stockdunkel.

»Kommt ihr?«

Anne schnaufte tief durch. Tentacula hatte den Leuchtkristall geraubt und Stanislaus entführt. Außerdem hatte er Angst. Ob es wirklich eine gute Idee war, ihm hinterherzugehen? Wilde Tiere wurden schließlich auch gefährlich, wenn sie sich fürchteten. Doch dann fiel ihr der Spruch wieder ein, den Stanislaus am Nachmittag auf die Tafel geschrieben hatte: *Angst klopft an die Tür. Vertrauen öffnet. Niemand steht draußen.* Tief in sich drin fühlte sie, dass der Teichling nichts Böses im Schilde führte und man ihm nur etwas Vertrauen entgegenbringen musste.

»Kommt«, sagte sie dann. »Wenn wir hierbleiben, erfrieren wir nur.«

Iki nickte. »Stanislaus, halte durch!«, rief sie bärenmutig. »Wir kommen und befreien dich!«

So stapften sie hintereinander her durch Schnee und Eis. Es war eine anstrengende Wanderung, doch Tentacula hatte ihnen zum Glück schon einen Großteil des Wegs freigeräumt. Wo keine Spuren von ihm zu erkennen waren, half der Spür-Kompass.

Bald wurde es heller, so wie Anne und Christian das Erdreich bei ihrem ersten Besuch vorgefunden hatten. Sie mussten dem Leuchtkristall also näher kommen.

Anne wollte gerade vorschlagen, eine Pause zu machen, als sie ein seltsames Geräusch hörte. Es klang wie das Zischen einer alten Dampflok. Sofort legte sie den Finger an die Lippen.

»Psst!«, warnte Anne. Iki, Ursus und Christian blieben stehen und lauschten. Die Laute kamen aus einer Höhle von der Seite des Gangs. Christian sah auf den Kompass, dessen Nadel genau dort hineinzeigte. Goldenes Licht schien ihnen entgegen.

Kapitel 15

Es ist ja alles ganz anders!

Anne, Iki, Christian und Ursus standen vor der leuchtenden Höhle im Schnee. Um sie herum tröpfelte das schmelzende Eis. Das konnte nur an der Wärme liegen, die der Kristall ausstrahlte. Sie hatten den Teichling gefunden.

»Ich nehme die Axt«, zischte Ursus. »Und dann gibt es *zack!* eins auf den Deckel!«

»Unterstehe dich!«, flüsterte Anne zurück. »Wenn er bewusstlos ist, kann er uns nicht verraten, wo Stanislaus ist. Und wenn du bewusstlos bist, können wir ihm nicht mehr nachlaufen.«

Bevor Christian noch etwas sagen konnte, schallte ein furchterregender Schrei aus der Höhle.

»Uhhhhhhhhuhuhuhu!«

Den vier Freunden lief es eiskalt die Rücken herunter. Graf Tentacula brauchte seine Tentakel gar nicht, um Zwillinge und Erdlinge zu besiegen, diese fürchterlichen Geräusche aus tiefster Kehle reichten schon. Christian zitterte am ganzen Leib und Iki und Ursus gingen hinter einem Felsen in Deckung.

Anne jedoch machte einen Schritt auf die Höhle zu. »Man kann mit jedem reden…«, sagte sie. Christian wollte nicken, aber der Schreck steckte ihm in jedem Knochen. Es war gar nicht so leicht, Vertrauen zu haben, wenn das Gegenüber drei Meter groß war und fünf Tentakel hatte…

Vorsichtig lugte Anne in die Höhle. Was sie sah, schockte sie mehr als das schaurige Gestöhne: Tentacula kauerte in einem Winkel der Höhle und wiegte den Leuchtkristall wie ein Baby vor der Brust hin und her. Aus den großen Augen tropften dicke Tränen auf den schlammigen Boden. Der Teichling brüllte nicht, er weinte.

Anne schüttelte verwirrt den Kopf. Irgendetwas stimmte hier doch nicht! Sie atmete tief durch, dann betrat sie mit erhobenen Händen die Höhle.

»Hallo!«, sagte sie leise.

Graf Tentacula hob seinen Kopf und sah seinen Besuch mit großen Augen an.

Annes Herz schlug wild. »Ich habe keine Waffen, siehst du«, flüsterte sie. »Ich werde dir nichts tun!«

Tentacula grunzte, aber seine Augen zeigten keinen Zorn, sondern wirkten beinahe freundlich. Die Tentakel schlängelten sich über den Boden. Als wenn er nervös wäre, schoss es Anne durch den Kopf. Oder noch mehr Angst hätte, als ich.

»Die Erdlinge haben dich und dein Volk ausgesperrt, deswegen bist du sauer, hab ich recht?«, fragte Anne.

Der Teichling hielt den Kopf schief und schnaufte. »Ich verstehe das nicht«, sagte er mit der Stimme von Stanislaus. »Wir waren doch gute Nachbarn. Und plötzlich dürfen wir nicht mehr kommen.«

Tentacula seufzte schwer.

»Was ist denn mit ihm?«, erkundigte sich Iki. Sie und Ursus standen nun ebenfalls in der Höhle. Ursus schwang seine Axt. »Rück den Kristall raus, sonst ...«

Anne drehte sich zu ihnen um. »Ursus!«, ermahnte sie den Gärtner. »Siehst du nicht, was los ist? Graf Tentacula ist traurig und enttäuscht, aber ganz sicher nicht böse. Vielleicht gibt er den Kristall ja wieder zurück?«

Der Graf schüttelte seinen Hammerhaikopf. »Nein«, widersprach er. »Hier war immer alles so schön. Die Erdlinge haben den Leuchtkristall nicht mehr verdient!«

Ursus wurde wütend. »Wie kannst du es wagen …!«

Der Teichling lächelte. »Das habe nicht ich gesagt, sondern mein Freund Stanislaus.«

»Moment mal«, rief Iki dazwischen. »Willst du etwa behaupten, Stanislaus wäre dein Freund?«

Graf Tentacula nickte. »Mein bester Freund, der kein Teichling ist. Jeden Tag kam er ans Gitter und wir haben uns unterhalten. Erst nur ein bisschen. Aber dann immer mehr.« Tentacula lehnte sich an die Höhlenwand. »Ich habe ihm von unserer ganzen Not erzählt.«

Anne ging einen Schritt näher. »Was für eine Not?«

»Das ist eine längere Geschichte«, schnaufte der Teichling.

Anne setzte sich auf einen Felsen. »Wir haben Zeit. Erzähl uns deine Geschichte!«

Ursus hockte sich auf einen anderen Stein, behielt seine Axt aber vorsichtshalber in der Hand.

Iki quetschte sich neben ihn. Christian blieb neben seiner Schwester stehen.

»Also gut«, begann Tentacula. »Im Teichreich ist es wunderschön. Meine Untertanen sind freundlich und blubbern den ganzen Tag über lustige Lieder. Die Wasserpflanzen gedeihen und schmecken wunderbar!«

Eine Träne rollte über die Wange des Grafen, bis sie schließlich hinabfiel und auf dem Steinboden zerplatzte.

»Aber in letzter Zeit ist das Wasser immer wärmer geworden«, fuhr er fort. »Die Algen wurden braun und ungenießbar. Die Korallen, aus denen unsere Häuser bestehen, wurden brüchig. Die kleinen Teichlingsquappen sind schon krank. Jetzt werden auch die Alten immer schwächer.«

Tentacula sah auf. »Das alles habe ich Stanislaus erzählt. Schließlich sagte er mir, dass er mit König Konfusius sprechen wollte. Die Grenze muss wieder geöffnet werden! Zum Zeichen, dass er es ernst meint, hat er mir den hier gegeben.«

Der Teichling schlängelte einen der Tentakel in die Tasche seines Gewands und holte einen großen Schlüssel hervor.

»Der Schlüssel zum Öffnen der Grenze«, erklärte der Graf. »Bei euch ist doch genug Platz. Und wir können sehr gut arbeiten! Wenn sich das Wasser wieder abgekühlt hat, kehren wir in unsere Heimat zurück.«

Ursus sah den Teichling staunend an. »Aber nehmt ihr uns dann nicht alles weg, wenn ihr euch hier breitmacht.«

Iki nickte zaghaft.

»Nein«, sagte Anne leise. »Wer teilt, hat doppelt so viel.«

Der Teichling stellte den Leuchtkristall neben sich. »Es ist ja sowieso sinnlos«, meinte er traurig. »Hier ist es viel zu kalt für uns. Da können wir auch nicht leben.«

Ursus dachte lange über das ganze Gespräch nach. Dann sprang er plötzlich auf. »Und warum hast du dann Stanislaus entführt?«

Graf Tentacula kniff die Augen zusammen. »Entführt?« Er stieß laut die Luft aus. »Aber es ist ja alles ganz anders! Ich war mit meinen Freund verabredet. Wenn die Uhren siebenmal schlagen, wollten wir in seiner Wohnung zu Abend essen. Aber ich konnte es nicht aushalten und war schon eher da. Ich habe an der Luke gelauscht. Erst habe ich nur die Stimmen der Kinder gehört. Dann hat es geklopft und ein Brief kam.«

Christian nickte. »Stimmt, so war es. Ein Brief von König Konfusius.«

Graf Tentacula lachte bitter. »Das sollte er glauben! Aber es war eine Falle.«

Anne versuchte zu widersprechen. »Doch, er war vom König. Ich habe den Abdruck des Siegelrings selbst gesehen!«

Tentacula nickte. »Es war der Ring des Königs, das ist richtig. Aber geschrieben hat ihn ein anderer. Ojo, der blinde Seher!«

Anne, Christian, Iki und Ursus waren erschüttert.

»Teichlinge sind nicht nur stark und können gut Stimmen nachmachen«, erklärte der Graf. »Wir haben auch eine ausgesprochen feine Nase. Und ich habe deutlich den ranzigen Geruch von Ojo erschnuppert. Ich habe ihn jetzt noch in der Nase, als würde er draußen ihm Gang stehen. Buh!«

Christian schüttelte den Kopf. »Das kann nicht sein!«, polterte er los. »So gerne ich dir glauben würde, aber wir haben eure Kampfspuren im Schnee gesehen. Du hast Stanislaus entführt!«

Der Teichling streckte alle fünf Tentakel von sich. »Nein, ich kam leider zu spät«, gab er geknickt zu. »Stanislaus wurde aus dem Haus gelockt, um ihn dann zu überrumpeln. Es war ein Barfüßler. Ich wollte hinterherrennen, aber in der Kälte werden meine Muskeln schlaff. Genau wie jetzt. So hätte ich einen Barfüßler nicht besiegen können.«

Da drang eine schnarrende Stimme in die Höhle. »Das ist gut zu wissen!« Frostige Kälte erfüllte plötzlich jeden Winkel.

Kapitel 16

Der blinde Seher

Die vier Gefährten drehten sich um. Im Eingang der Höhle stand ein uralter Mann mit weißem Umhang und Glatze. Statt eines Bartes hingen ihm Eiszapfen vom Kinn. In der Hand hielt er einen Stab mit einer Spitze aus Eis. Die Augen waren trüb. Kein Zweifel, es war Ojo, der blinde Seher!

»Wo ist Stanislaus?«, rief Iki Bärenmut.

Ojo lachte nur. »An einem Ort, wo seine Worte den König nicht vergiften können.«

Bei jedem Wort, das er ausstieß, bildete sich vor dem Mund des Sehers eine Wolke und stieg Richtung Decke. Wo sie auf Stein traf, bildeten sich Eiszapfen und es wurde unerträglich kalt. Langsam ging er auf Iki zu, die am ganzen Leib zu zittern begann.

Anne stellte sich schützend vor Iki. »Nein, deine

Worte haben alles hier vergiftet. Dein Herz ist kalt und damit steckst du alle an. Die ganze Welt ist kälter geworden! Alle haben nur noch Angst, dass ihnen jemand etwas wegnehmen könnte!«

Ojo lachte wieder und seine blinden Augen blitzten auf wie glühende Kohlen. »Angst ist die größte Kraft, die wir haben!«, schnarrte er. »Angst macht dich stark zu kämpfen! Angst ist Macht!«

Er lachte schallend, dass es Anne und Christian eiskalt die Rücken herunterlief.

»Ahhhh, ich liebe diese Kälte!«, jauchzte der blinde Seher. »Alles Wasser wird zu Eis! In den Herzen der Erdlinge ist es kalt. Das Eis ist der Beweis! Nun ist das Erdreich zum Eisreich geworden. Ich werde sein Herrscher sein! Und ihr könnt nichts dagegen tun!«

Graf Tentacula stand mühsam auf, denn seine Muskeln waren von der Kälte schon beinahe ganz gelähmt. Doch noch war es nicht so weit. Er schlurfte durch die Höhle und packte den blinden Seher an der Gurgel.

»Wo ist mein Freund Stanislaus?«

Ojo ächzte.

»Hilf mir!«, würgte der Blinde hervor.

In diesem Moment zwängte sich ein riesiges Wesen in die Höhle. Sein plumper Körper war in einen abgetragenen Mantel gehüllt. Ein nackter Oberkörper war durch die Löcher hindurch zu erkennen. Darunter trug es eine abgerissene Stoffhose. Die Füße waren nackt und voller Haare. Das Auffälligste aber war sein Kopf. Das merkwürdige Wesen hatte nur ein Auge!

»Der Barfüßler!«, zischte Ursus. »Der Kerl hat Stanislaus vor seinem Haus aufgelauert und entführt!«

Der Barfüßler grunzte wie zur Bestätigung, klemmte seine Zunge seitlich im Maul ein und stapfte auf Tentacula zu. Mit seinen riesigen Händen packte er ihn und wollte ihm die Luft abdrücken. Tentacula wehrte sich kaum, die Kälte hatte ihm die Kraft geraubt und er musste Ojo loslassen. Der Barfüßler hatte keine Mühe, den Teichling anschließend niederzuringen. Dann fesselte er Tentacula mit einem dicken Seil.

Der blinde Seher lachte. Auch wenn seine Augen trüb waren, so schien er doch alles wahrnehmen zu können. »Gut, mein lieber Diener, sehr gut!«, lobte er den Barfüßler. »Nun sind auch diese Würmer aus dem Weg geräumt. Der König hört nur noch auf mich. Der Kristall gehört mir!«

Er streichelte den Leuchtkristall, der bläulich aufleuchtete, als würde er schon aus Eis bestehen.

Iki stupste Anne vorsichtig an. »Das geht doch gut aus, oder?«

Anne nickte. »Natürlich«, antwortete sie mit scharfer Stimme. »Bald wird die Wärme in die Herzen der Erdlinge zurückkehren und das Eis schmelzen! Das Gute gewinnt immer. Das weißt du doch!«

Der blinde Seher brach in schallendes Gelächter aus. »Aber wer ist der Gute? Das kann nur ich sein! Ich werde mich nun zurückziehen. In wenigen Augenblicken werdet ihr unter meterdickem Eis gefangen sein.«

Der Barfüßler lachte ebenfalls. Es klang, als wenn eine Drahtbürste über Blech gezogen wurde. »Kch, kch, kch!«

Der Barfüßler und der Seher verließen rückwärts die Höhle und hatten ihre insgesamt drei Augen dabei unverwandt auf ihre Gefangenen gerichtet.

»Versucht erst gar nicht, euch zu wehren«, warnte der Seher. »Ihr seid sowieso verloren!«

Ojo holte tief Luft und hauchte und rundherum bildete sich eine Schicht Eis an den Wänden. Tentacula grunzte, so sehr strengte er sich an, seine Fesseln zu sprengen. Vergeblich.

Ursus rannte mit erhobener Axt auf den teuflischen Seher zu, aber der Barfüßler warf ihn wie eine Bowlingkugel in die Höhle zurück.

Der Seher hauchte zum zweiten Mal. Anne konnte zusehen, wie sich auf ihrer Jacke Eis bildete. Schon ließen sich ihre Arme kaum noch bewegen.

Sie waren verloren.

Kapitel 17

Weinende Steine

Christians Gedanken rasten durch seinen Kopf. Ihnen blieben im Höchstfall noch zwei Minuten. Dann würden sie im Eis eingeschlossen sein, wie die Fische, die er manchmal im Winter beim Schlittschuhlaufen sah. Mit Kraft kamen sie gegen den Barfüßler und Ojo nicht an. Eine letzte Erfindung von Stanislaus blieb ihnen noch: die Flöte, die Steine zum Weinen bringen konnte!

Ojo hauchte erneut. Christian spürte, wie der Boden unter seinen Schuhen gefror. Nur mit Mühe ließen sich die Sohlen noch vom Eis heben.

Endlich durchzuckte ihn ein Gedanke. Mehr noch, ein Plan, wie sie diesem Irrsinn ein Ende bereiten konnten – wenn alles gut ging. So schnell es seine klammen Glieder erlaubten, holte Christian die Flöte aus dem Rucksack. Er duckte sich ein wenig hinter den Rücken seiner Schwester und blies hinein.

Kein Ton war zu hören. Christian blies noch einmal. Doch wieder war nichts zu hören. Also blies er ein drittes Mal. Als Christian schon glaubte, die Flöte sei kaputt, traf ihn ein Tropfen auf der Stirn. Dann noch einer. Und noch einer.

Christian grinste. »Es taut!«, rief er voller Begeisterung. »Das Eis taut! Deine Macht ist gebrochen, Ojo! Die Erdlinge sind endlich zur Vernunft gekommen. Wärme breitet sich aus!« Schnell blies er noch einmal in die Flöte. Es tropfte nun in der gesamten Höhle. Zwar waren es die Tränen der Steine, aber für Ojo war der Unterschied zum Tauwasser nicht zu bemerken. Er breitete die Arme aus, mehrere Tropfen trafen seine Hände.

»Das darf nicht sein!«, jammerte er. »Der König ist voll auf meiner Seite!«

An den Freunden vorbei kam er in die Höhle zurück. Der Barfüßler bewachte weiter den Ausgang.

Zeit für Schritt zwei des Plans. Jetzt kam es drauf an!

Blitzschnell zog Christian mit dem Fuß zwei Halbmonde in den gefrierenden Matsch. Einen mit der Öffnung nach links, einen mit der Öffnung nach rechts. Das magische Zeichen, das Stanislaus ihm vor wenigen Stunden noch gezeigt hatte. Dann zog er Anne, Iki und Ursus zu sich. Wenn er nichts falsch gemacht hatte, waren sie nun für sechzig Sekunden unsichtbar.

»Nichts wie weg!«, brüllte er, bevor er den Finger an die Lippen legte und im Kopf zu zählen begann. *Eins, zwei, drei …*

Iki und Ursus sahen ihn mit großen Augen an. Anne nickte lautlos.

Ruckartig riss Ojo den Kopf herum. Seine Augen glitten durch die Höhle, und Christian war es, als könnte der Blinde doch etwas sehen. Die vier Freunde standen regungslos da. Keiner wagte es, auch nur zu blinzeln. *Vierzehn, fünfzehn, sechzehn …*

Ojo hob seinen Stab und schlug auf seinen Knecht ein. »Verdammt, du Trottel hast sie entkommen lassen!«, fluchte der blinde Seher. »Fang sie wieder ein!«

Der Barfüßler grunzte, dann verschwand er im Gang mit Ojo im Schlepptau. Das Tocken seines Stabs entfernte sich schnell.

Fünfundfünfzig, sechsundfünfzig…

Bei *sechzig* atmete Christian tief aus. »Puh, das war knapp«, zischte er. »Aber jetzt nichts wie weg!«

Christian, Iki und Anne eilten zum Ausgang. Ursus aber lief zum wehrlosen Grafen und zog die Axt vom Gürtel. Er holte aus und…

»Ursus!«, kreischte Anne. »Nicht…!«

Doch da sauste die Axt des Gärtners schon durch die Luft. Mit zwei Hieben waren die Fesseln des Barfüßlers in Stücke gehackt.

»Nimm das als meine Entschuldigung«, brummte Ursus. »Ich habe schlecht über euch gedacht und schlecht über euch geredet. Jetzt komm, wir brauchen deine Nase. Gemeinsam sind wir unschlagbar!«

Auf wackeligen Gliedern richtete sich der Teichling auf, die Kälte machte ihm sichtlich zu schaffen, aber noch konnte er sich fortbewegen. Er umwickelte den Leuchtkristall mit einem Tentakel und drückte ihn an sich.

Anne reckte ihren Kopf aus der Höhle. Der Barfüßler und Ojo hatten ihren spitzen Schrei gehört und rannten nun wieder auf die Höhle zu.

»Wir müssen da lang!«, rief sie ihren Freunden zu. Iki, Ursus, Christian und Graf Tentacula folgten ihr. Durch das Licht des Kristalls kamen sie schnell voran. Mehrmals drehte Christian sich um und bemerkte, dass der Barfüßler ständig aufholte. Ojo, obwohl alt und gebrechlich, war direkt hinter ihm. Als Christian sich erneut umsah, rumpelte er in seine Schwester hinein, die urplötzlich stehen geblieben war. Vor ihnen gähnte ein Abgrund, dessen Boden nicht zu sehen war.

Anne schluckte. Wenn sie stehen blieben, waren sie verloren. Und wenn sie sprangen …

Kapitel 18

Konfusius ist höchst konfus

»Kch kch kch«, hallte es durch das vereiste Erdreich. Der Barfüßler lachte so heftig, dass er sich den nackten Bauch halten musste. Die Erdlinge, der Teichling und die Menschenkinder hatten sich so eine Mühe gegeben, ihm zu entkommen, und nun machte ihnen der Untergrund selbst einen Strich durch die Rechnung.

»Die Unterwelt ist wohl auf meiner Seite«, schnarrte Ojo. Die Eiszapfen an seinem Kinn klirrten eine schräge Melodie.

»Kch kch kch«, lachte der Barfüßler wieder, während er mit großen Schritten näher kam.

»Zermalme sie, mein treuer Diener!«, befahl der blinde Seher.

Der Barfüßler rieb sich in diebischer Vorfreude die Hände.

»Knochen knacken, Knochen knacken!«, lallte er.

Christian ballte die Fäuste. Er wusste, gegen diese Bestie waren das jämmerliche Waffen, aber er würde nicht sich einfach seinem Schicksal ergeben.

»Lasst keine Angst in eure Herzen!«, beruhigte Anne alle. »Am Ende gewinnt immer das Gute!«

Iki starrte in die Tiefe und schluckte. »Wenn wir doch fliegen könnten …«

Fliegen? Das Wort hallte wie ein Echo in Christians Kopf wider. War da nicht noch etwas im Rucksack gewesen?

Christian riss sich den Rucksack vom Rücken und griff hinein. Tatsächlich, ein Fallschirm! Er war nicht größer als ein Taschentuch, aber wenn es eine von Stanislaus' Erfindungen war, würde er einwandfrei funktionieren. Auch für fünf Personen? Christian sah zum Barfüßler herüber. Das Ungetüm war nur noch wenige Meter von ihnen entfernt. Es schien jeden Schritt auszukosten.

»Wir können fliegen«, zischte Christian den anderen zu. »Graf, nimm dieses Stück Stoff. Jeder hält sich an einem Tentakel fest. Und dann spring!«

Tentacula nickte. Er hatte festgestellt, dass man

den beiden Menschen vertrauen konnte. Die Angst verschwand.

»Jetzt!«, schnaufte er. Iki, Ursus, Anne und Christian klammerten sich an den grünlich-braunen Körper. Graf Tentacula schlurfte bis an den Rand des Abgrunds. Sein nächster Schritt ging ins Leere. Dann rauschten die fünf wie in einem riesigen Fahrstuhl nach unten.

»Ahhhhh«, kreischte Iki.

Auch Anne konnte sich nur knapp einen Schrei verkneifen. In einem Wahnsinnstempo fielen sie dem Boden entgegen. Und auch wenn dieser von einer dicken Schneewehe bedeckt war: Wenn nicht bald ein Wunder geschah, war das ihr Ende.

Doch das Stück Stoff, das kaum größer als ein Taschentuch war, faltete sich auseinander. Immer weiter, bis der Fallschirm mit einem *Flopp!* aufging. Der Fall stoppte. Ruhig und gemütlich segelten sie dem Boden entgegen.

Unten angekommen, kugelten alle übereinander. Aber niemand krümmte sich auch nur ein Haar. Auf die Erfindungen von Stanislaus war eben Verlass!

»Haltet den Dieb!«, klang es da müde aus einem

Winkel. Ein Erdling trat hinter einem Stalagmiten hervor. Sein Gesicht war voller tiefer Furchen, er wirkte grau, müde und ratlos. Selbst Iki und Ursus hatten Mühe, in dieser Jammergestalt ihren König Konfusius zu erkennen. Um ihn herum erschienen nun auch die anderen Erdlinge aus ihren Verstecken. Alle hatten Tücher dabei, in die sie ihr Hab und Gut eingewickelt hatten.

»Die Teichlinge wollen uns alles wegnehmen!«, schimpfte der König ohne Kraft in der Stimme. »Da habt ihr's!«

Christian stand auf. Eben noch war hier blanker Stein gewesen, nun aber bedeckte schon wieder eine dünne Eisschicht Wände und Boden der Höhle. Selbst die Kraft des Leuchtkristalls kam gegen die Kälte der vergifteten Worte und Gedanken nicht an. Ojo hatte ganze Arbeit geleistet.

Ein paar der Erdlinge hoben Steine auf. Christian und Anne hatten ihnen beigebracht, sich nicht alles gefallen zu lassen. Den Leuchtkristall würden sie nicht kampflos verloren geben.

»Halt!«, rief da Iki Bärenmut. »Graf Tentacula ist nicht unser Feind. Er ist unser Nachbar. Er hat den Kristall für uns gerettet!«

Ursus hob die Axt. »Wer dem Teichling etwas antut, bekommt es mit mir zu tun! Er mag anders aussehen als wir, andere Dinge essen und andere Lieder singen, aber deshalb muss niemand vor ihm Angst haben. In meinem Haus jedenfalls ist Graf Tentacula immer willkommen. Und seine Familie auch.«

Iki nickte. »In meinem auch«, piepste sie.

Eine tiefe Stimme räusperte sich. »In meinem auch!«

Alle Erdlinge, Anne, Christian, Konfusius und der Graf fuhren herum. Aus dem dunkelsten Gang kam Stanislaus spaziert. In seinem grünen Mantel mit den Wanderstiefeln an den Füßen sah er fast aus, als käme er gerade von einem gemütlichen Spaziergang zurück. »In meinen Haus auch«, wiederholte er. Und um seine Worte zu unterstreichen, trippelte der alte Uhrmacher zu seinem Freund Tentacula und umarmte ihn,

»Wo kommst du denn her?«, platzte Anne heraus. »Ich dachte, der Barfüßler hätte dich eingesperrt?«

Stanislaus lachte heiser. »Nein, im Gegenteil. Er hat mich ausgesperrt. Ojo wollte auf jeden Fall verhindern, dass unser König mit mir redet. Denn Konfusius ist oftmals ziemlich konfus und durcheinander und manchmal schenkt er den falschen Worten Glauben. Aber auf mich hat er noch immer gehört. Also hat mich der Barfüßler im Alten Wald an einen Baum gebunden, von wo ich zusehen musste, wie der Eingang zum Erdreich mehr und mehr zufror. Ojo benötigte mit seinem eisigen Atem nur ein paar Minuten dafür.«

Stanislaus wandte sich an Christian und Anne. »Und euch zwei habe ich auch gesehen. Ich habe gerufen und gerufen. Leider hatte mir das Scheusal einen Knebel in den Mund geschoben. Erst nach Stunden konnte ich mich befreien und mit meiner automatischen Spitzhacke den Weg ins Erdreich freimachen.«

Er holte eine Gabel mit Motor daran aus seiner Manteltasche.

»Uhhhh!« Iki schüttelte sich. »Dieser scheußliche Barfüßler!«

Alle lachten.

Und als König Konfusius dem Anführer des Nachbarreichs die Hände reichte, begann das Eis tatsächlich zu schmelzen.

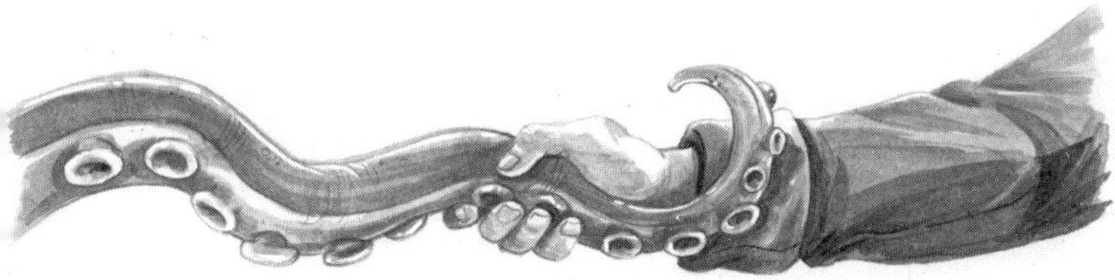

»Wahrlich, ich habe mich nicht wie ein König benommen«, gestand er reumütig. »Ich sollte lieber Hofnarr sein!«

Tentacula lachte. »Dann kann mein Volk also zu euch, bis das Wasser im Teichreich wieder bewohnbar ist?«

Der König nickte. »Selbstverständlich! Und wenn ihr mitten in meinem Thronsaal schlaft. Wenn es Not gibt, muss man helfen! Ob die Haut nun weiß ist oder grün!«

In diesem Augenblick erklang ein Knacken in der Höhle. Der eiskalte Körper von Ojo, dem blinden Seher, war von der Wärme der Worte zersprungen, und Eiskristalle regneten auf die Erdlinge, die Menschen und den Teichling herab. Doch auch die konnten niemanden mehr vergiften. Der Barfüßler grunzte hoch über ihnen, dann trollte er sich. Ohne die Macht, die Ojo über ihn ausgeübt hatte, fand auch er Besseres zu tun, als andere Wesen zu ärgern.

Graf Tentacula überreichte Konfusius den Leuchtkristall. »Dann kann ich also meine Untertanen holen?«, erkundigte er sich.

Der König nickte. Doch Anne hatte eine bessere Idee. »Ich glaube, das wird gar nicht nötig sein«, vermutete sie. »Wir werfen einfach alles Eis und allen Schnee ins Wasser des Teichreichs. So kühlt es sich sicher genug ab.«

Iki klatschte in ihre kleinen Hände. »Wenn alle mithelfen, Teichlinge und Erdlinge, dann können wir in Frieden nebeneinander leben!«

Kapitel 19

Aufräumarbeiten

Und so geschah es. Ohne die vergifteten Worte des blinden Sehers in den Herzen und mit dem Leuchtkristall wieder sicher an seinem Platz wurde es im Erdreich schnell wärmer. Ganze Familien von Teichlingen strömten über die Grenze, wie sie es in früheren Zeiten getan hatten. Alle packten mit an und gemeinsam mit den Erdlingen brachten sie das Eis eimerweise zum Teichreich. Die Erdlinge lachten, wenn die Teichlinge ihre Stimmen nachahmten. Die Teichlinge kringelten sich, wenn die Erdlinge tanzten.

Ursus begann sein Haus zu reparieren. Es sollte größer und schöner werden, als es jemals gewesen war. Das war auch nötig, denn bald sollte dort ein zweiter Erdling einziehen: Iki. Nach langer Zeit hatte der Gärtner sich endlich getraut, um ihre

Hand anzuhalten. Iki hatte ja gesagt und war ihm um den Hals gefallen.

Anne hätte platzen können vor Rührung. Für Christian aber war das der Moment, um das Erdreich wieder zu verlassen. Dass Frauen immer nur an Verlieben und Hochzeiten denken mussten! Da waren ihm Monster schon lieber. Auch wenn es ziemlich garstige und eiskalte Monster waren.

»Das Gute siegt eben immer«, sagte Anne, als

sie mit ihrem Bruder durch die Gänge stapfte. Das Eis vor dem Eingang zum Erdreich war von Stanislaus sorgfältig weggehackt worden. Als die Zwillinge in ihre Welt hinaustraten, leuchtete der Alte Wald wie eine Märchenwelt. Die Sonne des Spätsommers strahlte in jeden Winkel und auch überall sonst war der Schnee geschmolzen. Die ganze Stadt schien sich auf den Straßen herumzutreiben. Alle Menschen redeten über diese seltsame Laune der Natur: Eis und Schnee am Ende des Sommers, das hatte noch niemand von ihnen erlebt!

Anne und Christian waren die Einzigen, die die Wahrheit kannten. Kalte Worte und böse Ideen ließen sich von Grenzen nicht aufhalten. Umso wichtiger war es, auf das eigene Herz zu hören. Angst war ein schlechter Berater. Nur Vertrauen konnte sie verjagen.

Ohne sich abzusprechen, machten die Zwillinge einen kleinen Umweg in den Namenlosen Knick. Mit dem Schnee waren auch alle Spuren der fremden Wesen verschwunden. Doch als sie am Tümpel vorbeikamen, blubberte das Wasser und ein grünlich-brauner Arm mit Saugnäpfen winkte ihnen zu. Anne und Christian winkten zurück.

LESEPROBE

Leslie Hunter

Dino Riders

Im Land der Terrorechsen

Im Reich der Terrorechsen

Das fahle Licht des Vollmonds schien genau auf die Figuren. Eine Horde Allosaurier mit Reitern war hinter Fox auf dem T-Rex her. Connor schüttelte den Kopf. So hatte er die Figuren doch gar nicht aufgebaut.

Groooaaar!

Das Gebrüll kam eindeutig von dem Tyrannosaurus. Connor sprang aus dem Bett und kniete sich neben die Figuren.

Einen Moment lang wurde ihm schwarz vor Augen. Dann spürte Connor etwas an seinem Fuß. Ein Kitzeln. Es war eine Pflanze mit riesigen Blättern. Connor war geschockt. Sein Bett war verschwunden. Das ganze Haus. Und es war heller Tag! Über ihm blitzte die Sonne durch das Blätterdach. Er war auf einer kleinen Lichtung mitten im Urwald!

Verwirrt sah Connor sich um. Gigantische Bäume streckten sich in den Himmel. Büsche mit langen Blättern wogten im Wind. Blumen mit riesigen Blüten verströmten ihren süßen Duft. Der Boden war feucht und morastig. Und überall im Gebüsch quietschte und grunzte etwas.

Connor schwitzte. Es war mörderisch schwül. Jetzt erst bemerkte Connor, dass er andere Kleidung trug. Eine Jacke ohne Ärmel aus Fell. Eine Hose aus Wildleder. Dazu enge Stiefel, die aber sehr bequem waren. Connor spürte sie kaum. Er fuhr sich durch seine schulterlangen blonden Haare.

Groooaaar!

Da war es wieder, das ohrenbetäubende Brüllen. Nur hier im Wald war es tausendmal lauter als bei Connor im Zimmer.

Connor spürte die Gefahr sofort. Er stand auf und lehnte sich an die raue Rinde eines Urwaldriesen. So war er wenigstens gegen Angriffe von hinten gesichert. Quer über die Lichtung führte ein Weg. Ein breiter Trampelpfad. Jetzt jagte ein Tier darüber. Connor zuckte zusammen. Es war ein Wolf! Kurz darauf folgte dem Leittier das ganze Rudel. Heulend und mit eingeklemmten Schwänzen nahmen sie Reißaus.

Aber vor was?

Groooaaar!

Plötzlich brach ein flinkes Tier auf zwei Beinen aus dem Unterholz. Es sah aus wie eine große Eidechse, hatte aber dicke Hinterbeine und einen lang gezogenen Schnabel. Es war eindeutig ein Dinosaurier! Aufgeregt warf das Tier den Kopf herum und starrte hinter sich. Als es den Schnabel aufriss, konnte Connor zwei Reihen spitzer Zähne sehen. Der Dino quietschte markerschütternd. Dann war er von der Lichtung verschwunden.

Connor wurde immer unruhiger. »Wo bin ich hier nur gelandet?«, fragte er sich selbst.

Dann bebte die Erde.

Womm! Womm! Womm!

Connor hielt sich instinktiv an dem Baum fest. Doch auch dieser Riese zitterte. Blaue Frösche fielen wie Schneeflocken aus seinen Ästen.

Groooaaar!

»Was ist das?«

Die Antwort ließ nicht lange auf sich warten. Fünf Herzschläge später stampfte eine riesige Bestie auf die Lichtung. Dieser Dinosaurier musste Connor nicht vorgestellt werden. Es war die Terrorechse. Ein ausgewachsener Tyrannosaurus Rex! Er öffnete das gigantische Maul und brüllte los!

Groooaaar!

Connor ging in die Hocke. Seine Hände fanden einen Stein. Eisern schlossen sich seine Finger darum. Es war eine lächerliche Waffe gegen den rasenden Tyrannen. Trotzdem strömte neuer Mut durch Connors Adern. Beim Anblick des riesigen Tieres schoss ihm die Warnung vom Kistendeckel wieder durch den Kopf. *Nur öffnen, wenn du kämpfen kannst!*

Connor biss die Zähne zusammen. Er hatte die Kiste geöffnet. Und er würde nicht kampflos sterben!

Leseprobe

Leslie Hunter

Dino Riders

NUR ÖFFNEN, WENN DU KÄMPFEN KANNST! Das steht auf der geheimnisvollen Kiste, die Connor von seinem verschollenen Onkel Leslie geschenkt bekommen hat. Mutig klappt er den Deckel hoch und schon befindet er sich mittendrin im Abenteuer seines Lebens! Im Land der Dino Riders kämpft er Seite an Seite mit seinem besten Freund Fox für das Königreich Ana-Chrona. Wird es ihnen gelingen, Ana-Chrona vor dem Untergang zu retten?

Im Land der Terrorechsen
Band 1, ca. 128 Seiten,
ISBN 978-3-570-15669-8

Angriff des T-Rex
Band 2, ca. 128 Seiten,
ISBN 978-3-570-15670-4

10271

cbj

www.cbj-verlag.de